**NAME:** Justus Jonas
**FUNKTION:** Erster Detektiv
**FRAGEZEICHENFARBE:** weiß
**BESONDERE MERKMALE:** das Supe
Meister der Analyse und Wortakroba
schneller Schwimmer; zu Hause auf
platz von Tante Mathilda und Onkel T
Nachdenken an seiner Unterlippe
**IST FAN VON:** Tante Mathildas Kirschkuchen und Denksport aller Art



**NAME:** Peter Shaw
**FUNKTION:** Zweiter Detektiv
**FRAGEZEICHENFARBE:** blau
**BESONDERE MERKMALE:** für körperliche Herausforderungen immer zu haben, dafür kein Ass in der Schule; großer Tierfreund; Spezialist für Schlösser aller Art, die seinem Dietrichset einfach nicht standhalten können; neigt zu Vorsicht und Aberglauben
**IST FAN VON:** schnellen Autos (insbesondere seinem MG), der südkalifornischen Sonne, so ziemlich jeder Sportart

# Die drei ???

# Die drei ???

# Die Schwingen des Unheils

erzählt von Hendrik Buchna

Kosmos

Umschlagillustration von Silvia Christoph, Berlin
Umschlaggestaltung von eStudio Calamar, Girona, auf der Grundlage der Gestaltung von Aiga Rasch (9. Juli 1941 – 24. Dezember 2009)



MIX
Papier aus verantwortungsvollen Quellen
FSC® C014496

Gedruckt auf chlorfrei gebleichtem Papier



ISBN 978-3-440-16685-7
Redaktion: Anne Pagel
Lektorat: Nina Schiefelbein
Produktion, Layout und Satz: DOPPELPUNKT, Stuttgart
Druck und Bindung: GGP Media GmbH, Pößneck
Printed in Germany / Imprimé en Allemagne

# Die drei ???

# Die Schwingen des Unheils

# Angriff auf die Zentrale

»So, hiermit habe ich unsere Detektei-Satzung um Punkt C-7 ergänzt.« Zufrieden legte Justus Jonas den Kugelschreiber beiseite. Zusammen mit seinen Freunden und Detektivkollegen Bob Andrews und Peter Shaw befand er sich in der Zentrale der drei ??? und leitete eine selbst einberufene Sitzung. Das Detektivbüro der drei Jungen war ein unter diversem Gerümpel verborgener Wohnwagen auf dem Gelände des ›Gebrauchtwarencenters T. Jonas‹. Der Name stand für Titus Jonas, Justus' Onkel. Bei ihm und seiner Frau Mathilda lebte der Erste Detektiv seit dem Tod seiner Eltern vor vielen Jahren. Justus holte noch einmal Luft und verkündete dann mit strenger Miene: »Ich zitiere: ›Verbraucht ein Mitglied das letzte Stück eines wie auch immer gearteten Nahrungs- oder Genussmittels – sei es süß oder salzig, gekühlt oder ungekühlt –, so verpflichtet sich der Betreffende, binnen Stundenfrist für angemessenen Ersatz zu sorgen.‹«

Genervt rollte Peter mit den Augen. »Du meinst, wenn ich was von unseren Vorräten aufgegessen habe, soll ich *sofort* Nachschub holen? Hältst du es nicht für ein bisschen übertrieben, an unserem freien Samstagnachmittag wegen einer leeren Donut-Packung einen solchen Zirkus zu ver–«

Weiter kam er nicht, denn in diesem Moment ertönte ein peitschender Knall.

Erschrocken sprang Peter von seinem Stuhl hoch. »Da … da draußen schießt doch einer!«

»Unsinn!«, zischte Justus. »Wer sollte denn am helllichten

Tag auf dem Schrottplatz eine Schusswaffe abfeuern?« Er hob einen Zeigefinger an die Lippen und horchte. Doch außer dem Ventilatorsummen und einer entfernt röhrenden Kreissäge war nichts zu hören. Dann knallte es erneut in direkter Nähe der Zentrale.

»Das gibt's doch nicht ...« Energisch erhob sich Bob aus seinem Sessel. »Ich werfe mal einen Blick durchs Periskop.« Das selbst gebaute Periskop bestand aus einem alten, oben gebogenen Ofenrohr. Im Inneren verfügte es über eine ausgeklügelte Spiegeltechnik, die Justus mit großer Sorgfalt installiert hatte. Wie in einem U-Boot konnte man dieses Sehrohr durch eine Öffnung im Dach der Zentrale in die Höhe schieben und auf diese Weise das umliegende Gelände beobachten, ohne selber gesehen zu werden.

Wieder ertönte ein lauter Knall, diesmal etwas weiter entfernt. Angestrengt spähte Bob durch die Sichtöffnung und drehte das Rohr leicht nach links. »Mist ... So ein olles Bettgestell blockiert den Blick. Aber auf jeden Fall bewegt sich dahinten etwas.«

»Geht es vielleicht einen Hauch präziser?«, fragte Justus ungehalten.

»Klar, wenn du mir mal kurz eine Röntgenbrille rüberreichst«, konterte Bob. »Moment ...« Er drehte das Rohr ein weiteres Stück nach links.

»Siehst du jetzt was?«, fragte Peter ungeduldig. »Müssen wir die Polizei alarmieren?«

»Wohl eher einen Kindergarten«, entgegnete der dritte Detektiv trocken, während ein weiterer Knall ertönte. »Da schmeißt ein kleiner Junge mit Steinen, und zwar immer schön auf die Kühlerhaube von dem kaputten Chevrolet-Transporter. Wahrscheinlich weil da dieser weiße Stern drauf ist – eine tolle Zielscheibe.«

»Lass mich mal sehen.« Stirnrunzelnd trat Justus ans Periskop und blickte hindurch. »Hab ich's mir doch gedacht! Das ist dieser verzogene Clarkson-Junge. Wahrscheinlich unterhält sich seine Mutter gerade vorne mit Tante Mathilda und ihr Söhnchen darf sich in der Zwischenzeit hier austoben.«

»Du kennst den Jungen?«, fragte Bob überrascht.

»Und ob! Beim letzten Besuch hat er mit voller Absicht eine schöne alte Keksdose kaputt getreten. Mrs Clarkson hat den Schaden zwar bezahlt, aber ihr Kommentar war der Gipfel.« Justus ahmte eine piepsige Frauenstimme nach. »Hach, mein kleiner Goldspatz hat ja sooo viel Temperament, ganz wie der Papa!«

»Der liebe Dad ist wahrscheinlich Abrissunternehmer«, vermutete Peter.

»Wie auch immer – es wird auf jeden Fall höchste Zeit für eine kleine Erziehungsmaßnahme«, verkündete Justus mit entschlossener Miene.

Verdutzt blickte der dritte Detektiv ihn an. »Was hast du vor?«

»Da der werte ›Goldspatz‹ gerade günstig nahe am Kalten Tor steht, werde ich ihm mal kurz meine Aufwartung machen.«

Beim sogenannten Kalten Tor handelte es sich um einen hohlen Kühlschrank, dessen Rückwand sich per Hebeldruck öffnen ließ. Ein kurzer Wellblechtunnel verband diesen mit der Zentrale – für Außenstehende ein völlig unverdächtiger Bestandteil des Gerümpelberges, für die drei ??? ein wichtiger Geheimgang aus und zu dem versteckten Wohnwagen.

In den Augen des Ersten Detektivs funkelte es triumphierend. »Genauer gesagt werde nicht ich ihm diesen Besuch abstatten, sondern ein alter Bekannter von uns.« Mit diesen Worten griff Justus in eine Kommode und wühlte ein wenig darin herum. Schließlich zog er ein schwarzes Fellkostüm und eine unheimliche gehörnte Maske hervor, aus deren riesigem, weit aufgerissenem Maul spitze Raubtierzähne ragten.

Bob lächelte amüsiert. »Wie praktisch, dass Mr Clay uns nach dem Fall ›Tanzender Teufel‹ das Schamanenkostüm seines Neffen für unser Kriminalarchiv überlassen hat.«

Justus brummte zustimmend, während er sich die gruselige Fratzenmaske anlegte.

»Auf all die Glöckchen, Knochen und Rasseln würde ich an deiner Stelle aber verzichten«, warnte Peter schmunzelnd. »Sonst wird's mit dem unbemerkten Anschleichen vermutlich etwas schwierig.«

»Vielen Dank für den überaus weisen Rat«, gab der Erste Detektiv mit sarkastischem Unterton zurück und zupfte einige widerspenstige Fellsträhnen zurecht. Dann tippte er sich zum Abschied an die zottige Stirn und entschwand durch die Geheimtür.

»Na, das will ich sehen!« Gespannt griff Peter zum Periskop.

Wenige Augenblicke später gellte ein schriller Schrei über den Schrottplatz.

»Und?«, fragte Bob erwartungsvoll.

»Na, was glaubst du denn?«, erwiderte der Zweite Detektiv prustend. »Der kleine Randalierer flitzt wie ein geölter Blitz zu Mama!«

Kurz darauf kehrte Justus in die Zentrale zurück und zog sich mit lautem Ächzen die schwere Hörnermaske vom Kopf. Sein knallrotes Gesicht glänzte wie ein glasierter Bratapfel. »Unter diesem Ding hätte ich es keine Sekunde länger ausgehalten«, stellte er schnaufend fest, während er hastig die Verschlüsse des Fellkostüms öffnete. »Aber was tut man nicht alles im Dienste der Erziehung der Jugend …«

Bob half ihm aus der Verkleidung. »Dann hat der Teufel also einen guten Job gemacht?«

»In der Tat«, bestätigte der Erste Detektiv. »Zuerst habe ich durch die Luke gespäht und gewartet, bis der Lümmel direkt vor dem Kalten Tor stand. Dann habe ich die Kühlschranktür aufgerissen, meinen Teufelskopf rausgestreckt und laut ›Buh!‹ gerufen. Die Reaktion habt ihr ja wahrscheinlich mitbekommen.«

»Und ob«, bestätigte Peter. »Ich schätze, die kleine Kröte wird hier nicht so bald wieder herumwüten.«

»Bestimmt nicht«, pflichtete der Erste Detektiv grinsend bei. »Das Letzte, was ich gehört habe, war: ›*Mamaaa, da ist ein Monster im Kühlschra–*‹«

Das Klingeln des Telefons unterbrach Justus. Neugierig griff er zum Hörer und schaltete den Verstärker ein, damit seine Freunde mithören konnten. »Justus Jonas von den drei Detektiven.«

»Hier Bowman, Kendra Bowman«, meldete sich eine sympathische, gleichzeitig aber auch entschlossen klingende Frauenstimme. »Ich rufe an, weil ich eure Dienste in Anspruch nehmen will.«

Die Jungen horchten auf.

»Womit können wir Ihnen denn helfen?«, erkundigte sich Justus neugierig.

»Mein Vogel Huxley, ein indischer Halsbandsittich, ist vorhin ausgebüxt. Nach dem Lüften hatte ich ein offenes Fenster vergessen.«

»Aha. Und wir sollen ihn wiederfinden?«, fragte der Erste Detektiv argwöhnisch. Die Suche nach entlaufenen oder entflogenen Haustieren zählte nicht gerade zu den Lieblingsbeschäftigungen des Trios.

»Nein, er ist von selbst wieder zurückgekommen«, erfolgte die überraschende Antwort. »Huxley war nur etwa eine Viertelstunde fort.«

Irritiert zog Justus die Stirn kraus. »Wo liegt dann Ihr Problem, wenn ich fragen darf?«

Die Frau räusperte sich. »Es ... geht nicht darum, wo der Vogel ist, sondern um das, was er *sagt*.«

Verdutzt blickten die Jungen einander an.

»Das müssen Sie näher erklären, Mrs Bowman«, forderte Justus sie auf.

»*Miss* Bowman, ich bin alleinstehend«, korrigierte die Anruferin. »Am Telefon kann ich nicht über die Sache sprechen. Könntet ihr vorbeikommen – wenn möglich noch heute? Es ist wirklich wichtig.«

Nach kurzer Rücksprache mit seinen Freunden sagte Justus zu und ließ sich von Miss Bowman die Adresse in Santa Monica geben.

Eine halbe Stunde später hatten die Jungen in Bobs VW Käfer ihr Ziel, ein elegantes Flachdachhaus im Cloverfield Boulevard nahe dem Virginia Avenue Park, erreicht. Kendra Bowman, eine große dunkelhaarige Frau Anfang fünfzig, empfing die drei Detektive mit sichtlich besorgter Miene. In der hellen

Küche bot sie ihren Gästen eisgekühlte Zitronenlimonade an und kam dann zur Sache. »Ich habe Huxley seit einem Jahr bei mir. Hier im Haus darf er sich schon immer frei bewegen, nur nachts kommt er in seine Voliere. Im Moment ist er im Wohnzimmer.« Sie blickte zum Fenster. »Nachdem sich eine feste Bindung zwischen uns entwickelt hatte, bin ich vor ungefähr drei Monaten dazu übergegangen, ihn Ausflüge nach draußen unternehmen zu lassen. Sein Vorbesitzer hatte das schon mit ihm trainiert. Ein Vogel gehört einfach in die Natur.«

»Lobenswert«, entgegnete Bob, fragte sich allerdings auch, warum die Dame einen Vogel als Haustier hielt, obwohl sie der Meinung war, dass er in die freie Natur gehöre.

»Huxley weiß, dass er hier in der Nachbarschaft umherflattern darf, wenn ich ebenfalls draußen bin und ihn mit meiner Stimme zurücklocken kann«, fuhr Miss Bowman fort. »Das hat bisher auch immer gut geklappt.«

»Doch heute ist etwas schiefgegangen«, vermutete der Erste Detektiv.

Die Frau nickte. »Mir ist im Ofen etwas angebrannt, deshalb war ich abgelenkt und hatte das offene Wohnzimmerfenster vergessen. Tja, und dann war Huxley plötzlich weg.«

Peter kratzte sich am Kinn. »Lange hat der Ausflug aber nicht gedauert. Sie sprachen von etwa einer Viertelstunde, oder?«

»Das stimmt. Dennoch muss er ein ganzes Stück weit weg gewesen sein, denn auf meine ersten Rufe hat er anders als sonst nicht reagiert. Umso froher war ich, als er schließlich doch wieder zu mir zurückkam.«

»Und dann hat Ihr Vogel plötzlich etwas Seltsames gesagt?«, fragte Bob.

»Nicht sofort – zunächst hat er sein Standardrepertoire vor sich hin geplappert. Halsbandsittiche sind überaus intelligente Papageienvögel, die sehr schnell lernen. Da kommt im Laufe der Zeit so einiges zusammen.«

Die Jungen nickten. Natürlich mussten sie an die gleichfalls beachtlichen Sprachkenntnisse ihres Mynahs Blacky denken.

»Huxley ist in dieser Hinsicht sogar ein ganz besonderes Exemplar«, fuhr die Frau fort.

Gespannt blickte Justus sie an. »Inwiefern?«

»In meiner Familie hatten wir schon mehrere Papageien und Sittiche, aber ein so phänomenales Talent wie Huxley habe ich noch nie erlebt. Manchmal kommt es sogar vor, dass er spontan Wörter und sogar kurze Sätze wiedergibt, die er nur ein einziges Mal gehört hat.«

»Und genau das vermuten Sie auch in diesem Fall?«, erkundigte sich Peter.

»Ja«, bestätigte Miss Bowman. »Denn mitten in seinem munteren Geschwafel fiel plötzlich ein Begriff, der mich völlig aus der Fassung gebracht hat.« Sie fuhr sich nervös durchs Haar. Man konnte ihr deutlich ansehen, wie unangenehm ihr die Sache war.

Auffordernd blickte Justus sie an. »Welcher Begriff?«

Die nun folgende – geflüsterte – Antwort versetzte die drei Detektive in völlige Verwirrung.

»*XFLR-7.*«

# Unmöglich, aber wahr

Der Zweite Detektiv blinzelte irritiert. »Was ... hat das zu bedeuten?«

Kendra Bowman hielt die Stimme weiter gesenkt. »Näheres kann und darf ich euch nicht sagen, außer dass es sich um ein brisantes Projekt handelt, an dem ich in einem kleinen Forschungsinstitut arbeite und dessen Patentierung gerade in die Wege geleitet werden soll. Das Ganze ist so geheim, dass nur wenige Personen überhaupt davon Kenntnis haben. Und jeder Einzelne von uns ist per Vertrag zu absoluter Verschwiegenheit verpflichtet.«

In den Köpfen der Jungen wirbelten die Gedanken wild umher. Speziell Peter malte sich sehr detailliert ein futuristisches Labor aus, in dem eine Gruppe von Wissenschaftlern in Schutzanzügen an einer geheimnisvollen Superwaffe arbeitete.

Mit fahrigen Bewegungen fingerte die Frau an ihrem Rocksaum herum. »Der entscheidende Punkt ist: Huxley kann diesen Begriff unmöglich hier bei mir im Haus aufgeschnappt haben. Alles, was mit dem Projekt zu tun hat, ist absolut tabu. Daheim existiert meine Arbeit nicht, und ich würde *nichts*, was damit zusammenhängt, hier je in den Mund nehmen.«

Auch der Erste Detektiv ließ nun seinen Blick zum Fenster schweifen. »Im Ausschlussverfahren bedeutet das somit, dass Ihr Vogel diesen Projekttitel draußen entweder heute oder während eines seiner früheren Ausflüge aufgeschnappt haben muss.«

»Ist es möglich, dass jemand hier aus der Gegend dieses Top-secret-Projekt ebenfalls kennt und es mit der Geheimhaltung nicht ganz so ernst nimmt wie Sie?«, richtete sich Bob an Miss Bowman.

Die Frau schüttelte den Kopf und hob ratlos ihre Hände. »Nein, von meinen Kollegen wohnt niemand in der Umgebung. Das Ganze ist mir ein absolutes Rätsel. Und es kommt noch schlimmer!«

»Warum denn?«, fragte Peter mit einem unguten Gefühl in der Magengegend.

»In direktem Kontext mit der Bezeichnung hat Huxley noch etwas anderes gesagt, was so klang, als ob jemand plant, sich in den Besitz der Erfindung zu bringen. Sollte das tatsächlich geschehen, hätte das nicht nur für das Institut und mich gravierende Folgen.«

»Über die Sie uns jedoch nichts Näheres verraten dürfen«, folgerte Justus.

»So ist es.«

Angespannt verschränkte Bob die Arme vor der Brust. »Wie war denn Huxleys genauer Wortlaut?«

»Leider kann ich mich nicht mehr im Detail daran erinnern. Den Projekt*namen* aus dem Schnabel von Huxley zu hören, hat mich so schockiert, dass ich den Rest nicht mehr wirklich wahrgenommen habe.« Miss Bowman seufzte. »Und ich konnte den Vogel bis jetzt nicht dazu bewegen, die Sätze nochmals von sich zu geben.«

Mit nachdenklicher Miene zupfte der Erste Detektiv an seiner Unterlippe. »Um uns Klarheit zu verschaffen, müssen wir also versuchen, Ihrem Papageien die fraglichen Zitate noch einmal zu entlocken.«

Zögerlich blickte Peter Miss Bowman an. »Wenn ... das alles so furchtbar ernst ist, sollten Sie sich dann nicht an Ihr Institut oder besser noch gleich direkt an die Polizei wenden?«

»Nein«, widersprach die Frau energisch. »Wenn ich jetzt ohne handfeste Beweise Alarm auslöse, würde das den erfolgreichen Abschluss bedrohen. Und das wäre eine Katastrophe.« Sie atmete tief ein. »In dem Projekt stecken mehr als zehn Jahre Forschungsarbeit, und wir befinden uns in der alles entscheidenden Phase. Da kann ich es nicht riskieren, wegen der Äußerungen eines Papageis den Patentierungsprozess zu gefährden.«

»Also wandten Sie sich an uns«, folgerte Bob.

»Ja, ich habe schon so einiges über die Erfolge eurer Detektei und euer Fingerspitzengefühl bei Ermittlungen gehört. Deshalb halte ich euch für genau die Richtigen, um herauszufinden, ob an der ganzen Sache etwas dran ist.« Miss Bowman hielt inne und blickte in die Runde. »Was sagt ihr? Wollt ihr mir helfen?«

Justus straffte sich. »Nun, ich denke, dass ich für meine Kollegen spreche, wenn ich diesen außergewöhnlichen Fall im Namen der drei ??? annehme.«

»Einverstanden«, schloss sich Bob an.

Peter schnaufte leise. »Also liegt die Rettung von XFLR-7 ab sofort in unseren Händen ...«

Nun führte Miss Bowman die Jungen ins Wohnzimmer, wo ein etwa vierzig Zentimeter großer gelbgrüner Papagei mit rotem Schnabel aufgeregt auf seinem hoch aufragenden Käfig herumhüpfte.

»Hallooo, Huxley!«, wandte sich die Gastgeberin in hohem,

etwas kindlichem Tonfall an den Vogel. »Schau mal – ich habe Besuch mitgebracht.«
Mit schiefem Lächeln hob der dritte Detektiv grüßend die Hand. »Hi!«
Auch seine Freunde waren unsicher, wie sie mit der eigenartigen Situation umgehen sollten.
Spontan entschloss sich Justus dazu, den Vogel wie ein schüchternes Kleinkind zu behandeln. Er sprach laut und langsam. »Huxley ... erzähl uns doch mal ... von XFLR-7.«
Auch Peter trat einen Schritt näher heran. Er sprach noch lauter und noch langsamer als der Erste Detektiv. »X ... F ... L ... R ... 7!«
Der Papagei legte den Kopf schief, zuckte mit dem rechten Füßchen und starrte die Jungen aus großen Augen an. Er hatte offensichtlich nicht den geringsten Schimmer, was man von ihm wollte.
Nun meldete sich wieder Miss Bowman mit ihrer hohen Stimme zu Wort. »Huxley, du würdest mir und meinen Gästen einen riesigen Gefallen tun, wenn du uns sagen würdest, was du von *XFLR-7* weißt.« Sie lächelte breit. »Wärst du bitte so lieb?«
Der Vogel riss die Augen noch weiter auf. Mehrere Sekunden herrschte völlige Stille. Dann schwenkte er seinen kleinen Kopf wie ein wild gewordenes Pendel hin und her, hopste begeistert auf der Voliere herum und krakeelte lautstark: »Stau auf der Interstate 405 vor der Kreuzung Santa Monica Freeway! Fünf, fünf, füüünf!«
»Nein, lieber Huxley, das ist nicht das Richtige.« Miss Bowmans Lächeln wirkte jetzt eher wie eine eingefrorene Grimas-

se. »Wir möchten gerne etwas von XFLR-7 hören, verstehst du? *XFLR-7*!«
Wie vom Blitz getroffen hielt der Vogel inne. Wieder vergingen einige Sekunden völligen Schweigens, bevor der Papagei grölend zu singen begann: »Macht das Leben wieder Zicken, gönn dir unser *Drippin' Chicken*! Jetzt im praktischen Sechserpack! Sechs, sechs, seeechs!«
Bob gab ein leises Stöhnen von sich. Diese Aufgabe erwies sich als außerordentlich harte Nuss. Betont langsam schüttelte der dritte Detektiv den Kopf. »Nicht fünf. Und nicht sechs. Sieben. XFLR-*sieben*!«
Erneut begann der Vogel wie ein Gummiball herumzuhüpfen. »*Sechs* zarte Chicken-Crown-Filets in goldbraun-knuspriger Teighülle! Nur drei Dollar neunundzwanziiig!«
»HUXLEY!« Der strenge Ausruf des Ersten Detektivs ließ seine Freunde und Kendra Bowman zusammenzucken. Auch der Papagei verharrte sichtlich überrascht und plusterte sein Gefieder auf. Ruckhaft hob Justus nun den Zeigefinger. »XFLR-7 ... *Was* ... *ist* ... mit XFLR-7?«
Stille.
Dann kreischte der Vogel in schrillem Singsang: »Jeder Happen ein Gewinn, denn die Soße ist schon drin! Verzehrfertig in füüünf Minuten!« Erneut pendelte Huxley seinen grünen Kopf verzückt hin und her. »Lecker, lecker, leeecker!«
Genervt verdrehte Peter die Augen. »Das glaubt doch kein Mensch. Ein Papagei, der Fan von gefüllten Knusperhähnchen ist ...«
Es vergingen noch weitere quälend lange Minuten, in denen die drei Detektive und Miss Bowman händeringend versuch-

ten, dem störrischen Vogel die gewünschten Sätze zu entlocken. Doch zunächst blieb Huxley hartnäckig bei seinem günstigen Sechserpack *Drippin' Chicken*. Und dann, wie aus dem Nichts, gab der Papagei plötzlich zwei unvollständige Sätze wieder. Den ersten in heiserem, den zweiten in schneidend scharfem Tonfall.

»›... weil die Frist in Kürze abläuft.‹ ›Verflucht eng, aber wenn wir XFLR-7 erst mal haben ...‹ «

Einen Sekundenbruchteil später wichen die drei ??? und Miss Bowman erschrocken zurück, denn jetzt trötete der Vogel plötzlich in ohrenbetäubender Lautstärke die berühmte Tonfolge der Big-Ben-Glocke in London heraus, wobei die letzte Note im Unterschied zu den vorangegangenen auffallend falsch war: »DING-DONG-DING-DONG ... DONG-DING-DING-*DENG*!«

Der Zweite Detektiv ächzte verdattert. »Was ... war *das* denn?«

Justus kratzte sich am Ohr. »Wie es aussieht, ist Huxley tatsächlich unfreiwilliger Zeuge eines Gesprächs zweier Personen geworden, die das Projekt XFLR-7 an sich bringen wollen. Vermutlich hat der Vogel unbemerkt an einem offenen Fenster gesessen.«

»Und ... dieser Höllenlärm am Ende?«, fragte Bob.

Der Erste Detektiv schaute durch das Fenster nach draußen. »Ich tippe auf eine Türklingel. Gerade vor knapp einer Woche habe ich einem London-Fan so ein Ding verkauft. Diese Big-Ben-Tonfolge ist ja sehr beliebt. Und die Lautstärke hat dem Papagei offenbar einen solchen Schreck versetzt, dass er die Flucht ergriffen hat und nach Hause zurückgeflogen ist.«

Er richtete sich an die Gastgeberin. »Oder hat Ihr Vogel diese Melodie schon irgendwann früher von sich gegeben?«

»Nein, das ist völlig neu.«

Peter verengte die Augen. »Die Preisfrage ist jetzt: *Wen* hat Huxley da belauscht?«

Gespannt blickte Justus Miss Bowman an. »Auch wenn die beiden Satzfragmente nur kurz waren – konnten Sie die von Huxley nachgeahmten Stimmen wiedererkennen oder irgendwie zuordnen?«

»Nein«, erwiderte die Frau, ohne zu zögern. »Da kann ich niemanden erkennen.«

»Und wissen Sie, ob jemand in der Nachbarschaft eine Türklingel mit Big-Ben-Tonfolge hat?«, fragte Bob.

Miss Bowman schüttelte den Kopf. »Auch da kann ich nicht weiterhelfen. Mein Leben ist die Arbeit und ich pflege keine näheren Beziehungen zu den Nachbarn.«

»Das sind ja tolle Voraussetzungen«, knurrte der Zweite Detektiv kaum hörbar.

Lauthals meldete sich hingegen nun der Papagei wieder zu Wort: »Dieser Snack verleiht dir Swing! Chicken Wings vom Chicken King! Lecker, lecker, leeecker!« Dabei begann er, sich wie ein wild gewordener Kreisel immer schneller um die eigene Achse zu drehen.

Miss Bowman deutete zur Tür und senkte die Stimme. »Wir sollten besser wieder rübergehen, damit Huxley sich nicht noch weiter aufregt.«

Die drei Detektive nickten und folgten ihr. Zum Abschied johlte ihnen der Vogel gellend hinterher: »Persönlich empfohlen von Big Barney Crown!«

Zurück in der Küche schenkte Kendra Bowman den Jungen erst mal von der Limonade nach, bevor sie sich mit sorgenvoller Miene zu ihnen setzte.
Genüsslich nahm Bob einen großen Schluck und zückte dann sein Notizbuch und einen Kugelschreiber. »Nach jetzigem Stand der Dinge gehen wir also davon aus, dass sich die beiden belauschten Personen irgendwo hier in der näheren Umgebung befinden.«
»Oder *befanden*«, schränkte der Erste Detektiv ein. »Wir dürfen nicht die Möglichkeit außer Acht lassen, dass der Vogel die Sätze auf einem seiner vielen früheren Streifzüge aufgeschnappt hat. Dass er die Zitate erst jetzt von sich gegeben hat, heißt ja nicht zwingend, dass sie von heute stammen müssen.«
»Auch wieder wahr«, räumte Peter ein.
»Apropos Zeit«, richtete sich Justus an die Gastgeberin. »Können Sie bestätigen, dass es eine wie auch immer geartete Frist gibt, die in Kürze abläuft, wie es in dem einen Satz heißt?«
»Ja. Übermorgen um neun Uhr.«
»Oh, das ist knapp«, stellte Bob fest. »Die Gangster müssen also in den nächsten eineinhalb Tagen zuschlagen, bevor der Countdown bei XFLR-7 endet.«
»Ja.«
Der Erste Detektiv runzelte die Stirn. »Aber Näheres dürfen Sie uns zu der ganzen Sache nicht sagen.«
»Nein.«
Peter schnaubte gereizt. »Alles andere wäre ja auch ein Wunder gewesen.«
»Ich weiß, es ist nicht viel, was ich euch mitteilen kann, aber es geht nicht anders.« Kendra Bowman hielt einen Moment in-

ne und seufzte leise. »Und wenn ihr zu keinem Ergebnis kommt, werde ich spätestens morgen Abend dann doch Alarm bei der Institutsleitung auslösen müssen. Ich kann euch versichern, dass es eine absolute Katastrophe wäre, wenn das Projekt in die falschen Hände gerät.« Mit abwesendem Blick fügte sie flüsternd an: »Schwingen des Unheils ...«

# Suche nach einer Melodie

»Okay, dann müssen wir uns mit diesem Informations-Mangel eben abfinden.« Justus atmete tief ein, dann stutzte er plötzlich, versuchte aber, sich nichts anmerken zu lassen. Er hatte linker Hand auf einer kleinen Ablage einen zitronengelben Kugelschreiber mit dem auffälligen Schriftzug ›Icotrone‹ entdeckt. Zur Ablenkung wandte er sich rasch wieder an Miss Bowman: »Dennoch die Frage: Zwar wollen beziehungsweise können Sie vorerst im Institut keinen Alarm auslösen, aber ich nehme doch an, dass vor Ort trotzdem die höchstmögliche Sicherheitsstufe gewährleistet ist, richtig?«

»Selbstverständlich, ich stehe regelmäßig mit dem Wachdienst in Kontakt.«

»Gut zu wissen.« Peter blickte den Ersten Detektiv an. »Und wie sollen wir nun bei unseren Ermittlungen vorgehen? Wir können ja schlecht durch die Nachbarschaft ziehen und fragen: ›Kennen Sie zufällig XFLR-7?‹ «

»Stimmt«, pflichtete Bob bei. »Wir benötigen einen schlüssigen Vorwand, um uns zum richtigen Haus vorzutasten.«

»Korrekt, Kollege.« Auch Justus griff nun zu seinem Limonadenglas. »Deshalb schlage ich vor, dass wir so nahe wie möglich an der Wahrheit bleiben.«

»Äh ...« Peter hob die Schultern. »Wir haben doch gerade festgestellt, dass genau *das* nicht geht.«

»Bei XFLR-7 trifft das ja auch zu«, bestätigte der Erste Detektiv. »Nicht aber bei Huxley. Es spricht absolut nichts dagegen, dass wir behaupten, der Papagei sei immer noch entflogen.«

»Verstehe.« Bob nickte anerkennend. »Und dabei erkundigen wir uns dann ganz harmlos, ob man den Vogel gesehen oder vielleicht sogar beobachtet hat, wie er zu irgendeinem Haus geflattert ist.«
Miss Bowman nickte. »Einfach und wirkungsvoll.«
»Bei dieser Aktion treten wir natürlich nicht als Detektive auf, was ja nur für ungewolltes Aufsehen sorgen würde«, führte Justus weiter aus. »Stattdessen geben wir uns als Bekannte von Ihnen aus, die bei der Suche nach Huxley helfen wollen. Da keiner hier Sie näher kennt, wird auch niemand Verdacht schöpfen.«
»Mit Ausnahme der Kriminellen vielleicht«, wandte die Gastgeberin ein. »Falls sie ihr Vorhaben von langer Hand geplant haben, wäre es zumindest denkbar, dass ich beschattet wurde.«
»Guter Hinweis«, erwiderte Peter. »Bei den Gangstern könnte dieser Vorwand also verräterisch sein.«
»Auch diesen Punkt habe ich natürlich schon bedacht«, stellte Justus klar.
»Und mit welchem Ergebnis?«, fragte der dritte Detektiv neugierig.
»Ganz simpel. Gegenüber den Gaunern werden wir uns als Schüler vorstellen, die für ein Referat eine Umfrage zum Thema Umweltschutz durchführen.«
Irritiert zog Bob die Stirn kraus. »Ähm ... korrigiere mich, wenn ich mich irre, aber wir kriegen doch nicht raus, wer die Gauner sind, *bevor* wir uns vorgestellt haben.«
»Irrtum. Ob wir es mit den Schurken zu tun haben, erfahren wir, noch ehe sie die Tür öffnen.«

»Die Klingel!« Peter verstand. »Sobald wir Big Ben läuten hören, wissen wir, dass wir an der richtigen Adresse sind.«
»Zumindest mit vergleichsweise hoher Sicherheit«, relativierte der Erste Detektiv. »Rein theoretisch wäre es natürlich möglich, dass mehr als nur ein Anwohner hier in der Nachbarschaft eine solch exotische Türklingel besitzt. Aber gewiss nicht mit demselben falschen Ton am Ende.«
Bob trank aus und rückte seinen Stuhl zurück. »Na dann: Auf ins Gefecht, Freunde!«
Beim Aufbruch nutzte Justus eine günstige Gelegenheit und ließ im Hausflur eine Geldmünze aus seiner Hosentasche zu Boden fallen, die er anschließend aufhob. Dabei warf er einen unauffälligen Blick in einen vollen Papierkorb, der neben der Eingangstür stand. Seine Augen weiteten sich, während er kaum hörbar murmelte: »Interessant ...«

Zunächst zogen sich die Jungen für eine kurze Besprechung in Bobs Käfer zurück, rissen jedoch erst mal die Türen auf, um die darin angestaute Wüstenluft entweichen zu lassen.
»Ich sehe es dir doch an der Nasenspitze an, Just«, ergriff Peter anschließend das Wort. »Du hast da drin gerade irgendeine Entdeckung gemacht, stimmt's?«
»Eine Entdeckung zweifellos«, bestätigte Justus stirnrunzelnd, während er auf seinem Handy herumtippte. »Aber ob daran auch eine hilfreiche Erkenntnis geknüpft ist, wird Bob ermitteln müssen.«
»Ich?«, fragte der dritte Detektiv verdutzt.
»Recherche.« Justus blickte zum Haus hinüber. »Wie ihr ja gemerkt habt, will Miss Bowman um jeden Preis verhindern,

dass wir auch nur die geringste Information über ihre Arbeit erhalten, was ja auch ihr gutes Recht ist. Aber umgekehrt haben wir ebenso das Recht und sogar die Pflicht, uns zu vergewissern, woran wir sind.«

»Wie meinst du das?«, wollte Peter wissen.

»So schlüssig diese ganze Geschichte mit dem drohenden Diebstahl oberflächlich auch klingt – letztlich haben wir nur das Wort unserer Auftraggeberin und das Gekrächze eines werbungssüchtigen Papageis. Und das ist mir zu wenig, um mich schon jetzt mit letzter Konsequenz in diesen Fall zu stürzen.«

»Deshalb soll ich nun Hintergrund-Informationen besorgen«, vermutete Bob. »Aber wie soll ich das anstellen, wenn Miss Bowman uns nicht den geringsten Anhaltspunkt geliefert hat?«

»Genau hier kommen meine Beobachtungen ins Spiel. Offenkundig hat Miss Bowman bei all ihren Geheimhaltungsbemühungen zwei Flüchtigkeitsfehler begangen.«

»Nämlich?«, wollte Bob wissen.

»Zunächst habe ich in der Küche einen Kugelschreiber mit dem Aufdruck ›Icotrone‹ entdeckt.«

»Ach, und jetzt vermutest du, dass das ein Stift aus ihrer Firma ist«, überlegte der Zweite Detektiv. »Aber kann man so eine Schlussfolgerung wirklich ziehen? Allein von Dads Job habe ich ungefähr zwei Dutzend Werbe-Kugelschreiber, obwohl ich bei keiner dieser Filmfirmen angestellt bin.« Peters Vater arbeitete seit vielen Jahren als Experte für Spezialeffekte in Hollywood.

»Das ist mir selbstverständlich bewusst«, gab Justus ungehalten zurück. »Aber ein Briefumschlag mit der Adressatin

›Kendra Bowman, Icotrone, Statfield Avenue 13, 90501 Torrance‹ dürfte dieser Schlussfolgerung ausreichend Berechtigung verleihen.«

»Ich wusste es doch – der Papierkorb!« Ein respektvolles Lächeln huschte über Peters Gesicht.

Mit bedeutungsvoller Miene tippte Justus auf das Display seines Mobiltelefons. »Das eigentlich Interessante ist, dass über diese rätselhafte Firma im Internet außer der Angabe ›Privates Technologie-Unternehmen‹ so gut wie nichts zu finden ist. Scheint also tatsächlich eine streng geheime Institution zu sein.«

Bob nickte. »Und meine Aufgabe ist es jetzt, hinter das Geheimnis dieses Ladens zu kommen. Da trifft es sich gut, dass ihr eure Nachbarschaftsbefragung zu Fuß durchführen könnt.« Er klopfte auf das Lenkrad. »Für den Trip nach Torrance werde ich ja den Wagen brauchen.«

»Klingt nach sinnvoller Arbeitsteilung«, stimmte Peter zu.

»Aber sei vorsichtig«, mahnte Justus. »Hinter ›Icotrone‹ könnte so ziemlich alles stecken.«

Bobs linke Augenbraue wanderte einen guten Zentimeter nach oben. »Darf ich dich daran erinnern, dass ich nicht erst seit Kurzem Mitglied der drei ??? bin? Ich weiß durchaus, wie man eine Untersuchung durchführt, ohne sofort aufzufliegen.«

Justus hob beschwichtigend die Hand. »Das zieht ja auch niemand in Zweifel. Mir war lediglich daran gelegen, auf das unkalkulierbare Risikopotenzial hinzuweisen, das aus dem bisherigen Fakten-Defizit resultiert.«

Angesichts der geschraubten Ausdrucksweise des Ersten Detektivs gab Peter ein leises Stöhnen von sich.

Bob grinste nur. »Höchste Zeit also, dieses ›Fakten-Defizit‹ zu beseitigen.«

Nachdem ihr Freund mit dem Käfer aufgebrochen war, gingen Justus und Peter zum ersten Nachbarhaus auf der rechten Seite hinüber. Laut Türschild wohnte hier ein Paar namens Trevor und Valery Craddick. Da die angrenzende große Garage offen stand, warfen die Jungen einen Blick hinein. Neben einem marineblauen Chrysler stand ein weiteres Fahrzeug, das sofort die Aufmerksamkeit des Zweiten Detektivs auf sich zog: ein imposanter, feuerrot lackierter Rasentraktor mit gewaltigem Auffangkorb.

»Wow«, hauchte Peter mit leuchtenden Augen. In seiner Freizeit verdiente er sich oft mit Rasenmähen in der Nachbarschaft ein wenig Taschengeld hinzu. Dabei musste er sich häufig mit uralten Geräten herumplagen, die eher in ein Museum als auf eine Grünanlage gehörten. Kein Vergleich zu der topmodernen Luxusmaschine, die gerade in all ihrer Pracht vor ihm stand.

»Na, verliebt?«, fragte Justus grinsend.

Mit schwärmerischer Miene trat Peter einen weiteren Schritt auf die Garage zu. »So ein Ding wäre mein absoluter Traum ... Mit diesem Garten-Ferrari würde sogar das Mähen von Mr Baxters Riesengrundstück Spaß machen.«

Justus nickte schmunzelnd. »Ich kann mir lebhaft vorstellen, wie ›Turbo-Peter‹ mit Vollgas durch sämtliche Gärten brettert.« Er deutete auf das Wohnhaus. »Auch wenn ich dich nur ungern von diesem Meisterwerk der Technik losreiße, muss ich doch darauf drängen, mit der Befragung zu beginnen.«

Peter gab ein bedauerndes Seufzen von sich. »Tja, vorerst wird's bei einem Traum bleiben …«

Als Justus die Klingel betätigte, erklang nur ein metallisches Schnarren.

»Wenn es *das* war, was Huxley gehört hat, dann muss der Vogel dringend zum Ohrenarzt«, murmelte der Zweite Detektiv.

Einige Sekunden später öffnete sich die Tür einen Spaltbreit und ein glatzköpfiger, circa vierzigjähriger Mann mit schwarzem Vollbart und roter Joggingjacke musterte die Jungen misstrauisch.

»Ja?«

»Verzeihen Sie die Störung, Sir.« Justus setzte sein freundlichstes Lächeln auf. »Wir sind im Auftrag Ihrer Nachbarin Miss Bowman unterwegs, weil ihr Papagei entflogen ist. Und da wollten wir fragen –«

»Hör mir bloß mit dem Papagei auf!«, unterbrach ihn Mr Craddick barsch. »Den nervtötenden Mistvogel habe ich heute, dem Himmel sei Dank, noch nicht gesehen und gehört. Dieses ewige *Chicken-Crown*-Gekrächze macht mich noch wahnsinnig!«

Beschwichtigend hob der Erste Detektiv die Hände, doch der erboste Mann war nicht zu bremsen.

»Das muss man sich mal vorstellen! Da zieht man extra in eine ruhige Wohngegend, um nicht vom Stadtlärm belästigt zu werden, und dann schafft sich die werte Nachbarin einen durchgeknallten Papagei an, der lauter ist als ein startender Düsenjäger!« Mit funkelnden Augen blickte Mr Craddick zum Haus nebenan hinüber. »Ihr könnt Miss Bowman also gerne ausrichten, dass ich rein *gar nichts* dagegen hätte, wenn ihr verflixtes Federvieh zurück nach Timbuktu geflogen ist! Noch besser wäre es natürlich, wenn der grüne Schreihals inzwischen selber als Knusperfilet auf einem Teller gelandet wäre – *mit* Soße!!« Ohne eine Reaktion abzuwarten, knallte der Mann die Tür zu.

# Vom Spiegelwürfel zum Reich der Bären

Das Forschungsinstitut war ein schmuckloser dreigeschossiger Bau aus Beton, Stahl und Glas, der sich abseits gelegen in einem Außenbezirk von Torrance befand. Auf einem Parkplatz standen etwa zwei Dutzend Autos, allesamt Oberklasse-Modelle. Rundum gab es, abgesehen von der befestigten Zufahrtsstraße, nichts als trockene Grasflächen, spärlich durchsetzt mit verdorrten Sträuchern und Büschen. Die einzigen, wenn auch nur schwachen Farbpunkte in dieser tristen Landschaft bildeten die hier und da hervorlugenden blassgelben Blüten des Kalifornischen Goldmohns. Doch selbst diese als Überlebenskünstler geltenden Pflanzen hatten sichtlich mit der anhaltenden Dürre zu kämpfen.
Soeben war Bob, etwa dreißig Meter vom Gebäude entfernt, hinter einem knorrigen Kreosotbusch in Stellung gegangen, nachdem er seinen Käfer außer Sichtweite hinter einer Böschung geparkt hatte. Angestrengt kniff er die Augen zusammen. Die durchgängig verspiegelte Glasfront des Gebäudes reflektierte das gleißende Licht der Spätnachmittagssonne so stark, dass von dieser Position aus kaum Einzelheiten zu erkennen waren.
»Der reinste Spiegelwürfel«, murrte der dritte Detektiv und huschte geduckt zu einem anderen Busch hinüber, von dem aus die Sicht etwas besser war. Nachdenklich zog er die Stirn kraus. Sich heimlich Zutritt zu dem Institut zu verschaffen,

war ausgeschlossen, da man an einem besetzten Wächterhäuschen vorbeimusste. Außerdem konnte Bob zwei Videokameras erkennen. Sein Blick wanderte nach oben. Der Schriftzug ›Icotrone‹ über dem Eingangstor war äußerst schlicht und unscheinbar.

»Aufmerksamkeit scheint diese Firma so wenig wie möglich erregen zu wollen«, murmelte er. »Jetzt muss ich nur noch den Grund dafür herausfinden ...«

Doch nach einer unauffälligen Umrundung des gesamten Grundstücks und absolut ereignislosen zwanzig Minuten war Bob mit diesem Vorhaben keinen einzigen Schritt weitergekommen. Es gab weder einen Hintereingang noch ein geöffnetes Fenster, durch das man ins Innere des Gebäudes hätte spähen können.

Genervt gab der geduckt hinter einem großen Strauch kauernde dritte Detektiv ein leises Knurren von sich. »Wenn ich von meiner Tour zurückkomme und ich kann als einziges Ergebnis mitteilen, dass es sich beim Institut um ein Haus handelt, schmeißt Justus mich achtkantig aus der Detektei.« Gedankenverloren blickte er auf seine rechte Hand, die sich unwillkürlich ins Gras verkrallt hatte. Dann nahmen Bobs Gesichtszüge einen entschlossenen Ausdruck an. »Wenn nicht so, dann eben anders ...« Mit diesen Worten schlich er zu seinem Käfer. Kurz darauf war er zurück, ausgestattet mit einem noch unbenutzten Schreibblock, einer Klapplupe und mehreren kleinen Klarsichtbeuteln, die er zur Beweismittelaufnahme immer in seinem Handschuhfach verwahrte. Er hantierte ein wenig am Boden herum und wechselte dann erneut die Stellung. Zu weiteren Aktionen kam Bob jedoch nicht mehr, denn in diesem Moment ertönte hinter ihm der Ausruf: »Was zum Teufel hast du hier zu suchen?!«

Peter blinzelte perplex. »Dieser Mr Craddick ist definitiv kein Huxley-Fan.«
»Nein, das kann man wahrlich nicht behaupten«, stimmte Justus zu. »Aber zumindest können wir diesen Herrn nun von unserer Liste streichen. Kein Big Ben, kein Papagei-Besuch.« Er blickte zum gegenüberliegenden Gebäude. »Um unsere Effizienz zu steigern, schlage ich vor, dass wir getrennt vorgehen. Du übernimmst die rechte Straßenseite und ich die linke. Sobald die Sichtungen des Vogels hier in nördlicher Richtung enden, kehren wir zurück und machen in südlicher Richtung weiter.«
Peter seufzte leise. »Und anschließend geht's in die Seitenstraßen.«
»So ist es.« Auffordernd deutete Justus nach vorn. »Ans Werk, Kollege!«
Die folgende halbe Stunde fragten sich die Jungen von Haus zu Haus. Dabei lernten sie diverse weitere Nachbarn kennen, stießen jedoch weder auf die gesuchte Big-Ben-Türklingel noch auf verwertbare Hinweise bezüglich Huxleys rätselhaftem Lausch-Abenteuer. Interessanterweise schien sich der Vogel bei seinen Ausflügen stur an die linke Straßenseite zu halten, denn Peter konnte keinen einzigen Treffer verzeichnen. Auf der Route des Ersten Detektivs hingegen kannten alle den Papagei und gaben höchst unterschiedliche Urteile über ihn ab. Das Spektrum dabei reichte von »Dieser putzige kleine Bursche« bis »So etwas nennt man Lärm-Terrorismus!«.

Jedoch hatte niemand beobachtet, wie der Vogel eines der Häuser angesteuert hatte.
Immerhin konnte Justus daraus die Schlussfolgerung ziehen, dass Huxley auf seinen Flügen in nördlicher Richtung stets geradeaus geflogen war und dabei eine beträchtliche Strecke zurückgelegt hatte. Miss Bowmans Haus war schon lange aus dem Blickfeld der Jungen verschwunden.
Nachdem Peter auch beim zwanzigsten Anlauf keinen Erfolg hatte, winkte er genervt ab und überquerte die Straße. Erwartungsvoll blickte ihn Justus an. »Und? Bist du auf den Klingelton gestoßen?«
»Neiiin«, erwiderte Peter betont langgezogen. »Und auf meiner Straßenseite werde ich das auch nicht, denn Huxley ist offensichtlich Brite und fliegt grundsätzlich *nicht* rechts.«
»Was ja wiederum zum Big Ben passen würde«, gab Justus grinsend zurück. »Hier auf der linken Seite hingegen ist der Vogel berühmt-berüchtigt. Es lohnt sich also weiterzumachen.« Er deutete nach vorn. »Nehmen wir uns gemeinsam die Nummer 301 vor. Anschließend kannst du dann ja nach Süden laufen.«
»Okay, Chef.«
Auf dem Türschild des betreffenden Hauses war ›Matt und Carol Schrieffer‹ zu lesen. Justus betätigte die Klingel. Es war ein schlichtes, unmelodisches Schrillen. Eine schmächtige Frau Mitte siebzig mit schlohweißem schulterlangen Haar und dunkelblauem Schürzenkleid öffnete die Tür und strahlte die Jungen an. Ihre Begrüßung war allerdings höchst sonderbar.
»Da seid ihr ja! Na, dann kommt mal rein, ihr Schlingel.« Mit diesen Worten drehte sie sich um und ging ins Haus zurück.

Ratlos blickten die zwei ?? einander an. Dann zuckte Justus die Achseln und ging hinterher, gefolgt von Peter. Die Dame führte sie durch einen Flur und öffnete die Tür zu einem kleinen, reichlich plüschigen Wohnzimmer. Ein leicht muffiger Geruch hing in der Luft.

Dort erblickten die Jungen einen etwa ebenso alten Mann mit silbergrauem Haarkranz, sorgsam gestutztem Schnauzbart und dicker Hornbrille. Er trug ein helles Polohemd und eine bequeme braune Cordhose. Rechts von ihm auf einem eleganten Sofa mit buntem Blumenmuster saßen fünf erstaunlich lebensecht aussehende Teddybären in aufwendig bestickten Kleidchen. Auf Fensterbänken, Schränken und Regalen entdeckten Justus und Peter noch diverse weitere, unterschiedlichst bekleidete Teddys. Manche trugen Hauben und Hüte auf ihren kleinen Köpfen und die Gesichtsausdrücke reichten von wütendem Fauchen bis zu prustendem Lachen. Insgesamt mochten es an die achtzig Bären sein – offensichtlich ein eigenartiges Hobby des Paars. Die Wohnzimmerfenster waren zu fast drei Vierteln mit dicken Gardinen zugezogen, vermutlich um die zweifellos teuren Teddys vor zu starkem Sonnenlicht zu schützen.

»Immer hereinspaziert!«, rief der Mann Justus und Peter lächelnd entgegen.

Die Jungen folgten der Aufforderung und ließen erneut die Blicke schweifen. An den Wänden hingen zahlreiche zumeist kunterbunte Bilder. Überwiegend präsentierten sie weitere bekleidete Teddys in den verschiedensten Szenerien, mal als Cowboy und Indianer, mal als Bauarbeiter, mal als Raumfahrer. Doch bei einigen Bildern handelte es sich auch um ge-

rahmte Fotos, die das Ehepaar zeigten, teils zu zweit, teils mit anderen, jüngeren Personen, vermutlich Familienmitgliedern. Überrascht bemerkten die beiden Detektive nun, dass Mr Schrieffer einen eiförmigen, etwa dreißig Zentimeter langen Gegenstand auf dem Schoß hatte. Wegen des schummrigen Halbdunkels im Zimmer erkannten Justus und Peter erst beim zweiten Hinsehen, dass es sich um einen Football handelte.
Der Mann deutete einladend auf eine gepolsterte, erstaunlicherweise komplett bärenfreie Eckbank gegenüber dem Sofa. »Setzt euch doch.«
»Vielen Dank, Sir«, erwiderte der Erste Detektiv. »Ich heiße übrigens Justus Jonas und das hier ist Peter Shaw.«
»Angenehm.«
Die Jungen nahmen auf der Bank Platz und Mrs Schrieffer gesellte sich zu ihnen.
»Das nächste Mal müsst ihr keine Viertelstunde warten, bevor ihr zugebt, dass ihr etwas ausgefressen habt«, sagte die Frau schmunzelnd. »Eine kaputte Gartenvase ist ja kein Schwerverbrechen.«
Jetzt ging den Jungen ein Licht auf.
»Hier … handelt es sich um ein Missverständnis«, erklärte Justus zögerlich. »Dieser Ball gehört nicht uns und wir haben ihn auch nicht auf Ihr Grundstück geworfen.«
»Oh.« Matt Schrieffer war sichtlich irritiert.
Auch seine Frau blickte verdutzt drein. »Und was wollt ihr dann von uns?«
»Wir sind Bekannte von Miss Bowman, einer Nachbarin von Ihnen«, erwiderte Peter. »Deren Papagei ist entflogen und nun fragen wir herum, ob ihn jemand gesehen hat.«

Neugierig wandte der Mann seinen Kopf einem der Fenster zu. »Captain Flint ist mal wieder abgehauen?«

»Captain Flint?«, fragte der Zweite Detektiv irritiert. »Der Papagei, den wir suchen, heißt Huxley.«

Mr Schrieffer kicherte leise. »Den Namen habe ich ihm gegeben, weil wir den echten ja nicht kennen. Das Lieblingsbuch meiner Kindheit war ›Die Schatzinsel‹.«

»Verstehe«, erwiderte Justus mit schiefem Lächeln. »Deshalb benannten Sie den Vogel nach dem Papagei des Piraten John Silver.«

»Dann haben Sie ihn also gesehen«, folgerte Peter hoffnungsvoll. »War das heute?«

»Nein, das letzte Mal war vor vier oder fünf Tagen«, gab die Frau zurück. »Da saß er draußen in einem Baum und hat irgendwelche Lieder über Knusperhähnchen gesungen – einfach goldig.«

»Kann ich mir lebhaft vorstellen«, murmelte Peter leise. Dann hob er wieder die Stimme. »Darf ich mir den Ball mal ansehen?«

Matt Schrieffer nickte. »Ja, natürlich«

Peter, der unter den drei ??? der vielseitigste Sportler war, nahm den Football entgegen und strich über das hochwertig verarbeitete Leder.

»Irgendwas Besonderes?«, erkundigte sich der Erste Detektiv.

»Wenn man bedenkt, dass sich bis jetzt niemand deswegen gemeldet hat, dann ja.« Peter deutete auf einen Schriftzug. »Das hier ist ein sogenannter ›Duke‹ – ein Football, wie er auch in der Profiliga verwendet wird. So einer kostet locker über hundert Dollar.«

»Holla! Da sollte man doch annehmen, dass der Werfer oder die Werferin alles dransetzt, um das wertvolle Stück wiederzubekommen.« Justus, der eine zusätzliche Möglichkeit der Nachbarschafts-Befragung erkannte, wandte sich an das Paar. »Haben Sie eine Idee, wem hier in der Gegend dieser Football gehören könnte?«
»Eben nicht«, erwiderte Mr Schrieffer. »In unmittelbarer Nähe gibt es keine Jugendlichen oder Kinder – bis auf den kleinen Jannik und seine Spielkameradin Amanda ein paar Häuser weiter. Beide habe ich noch nie mit einem Football gesehen. Dasselbe gilt für Janniks Eltern Kris und Hanna.«
»Deshalb ging ich davon aus, dass der Ball von drüben, aus dem Virginia Avenue Park, geflogen kam«, ergänzte seine Frau. »Als ihr Jungs dann vor der Tür standet, dachte ich natürlich, dass er euch gehört.«
»Begreiflich.« Der Erste Detektiv deutete hinter sich. »Da wir wegen des Papageis ohnehin von Tür zu Tür gehen, können wir den Football gerne mitnehmen und nach dem Besitzer fragen.«
Mrs Schrieffer blickte ihn treuherzig an. »Das wäre ganz zauberhaft, vielen Dank.«
Auch ihr Mann lächelte. »Falls er tatsächlich einem unserer Nachbarn gehört, könnt ihr ja von uns grüßen.«
»Das werden wir gerne tun«, versicherte Justus.
Tatendurstig klemmte sich Peter den Ball unter den Arm. »Alles klar – so machen wir's.«
Zurück auf der Straße atmete der Zweite Detektiv erst mal tief durch. »Puh, das war ja reichlich schräg in dieser Teddy-Plüschbude.«

»Kuscheltiere jeglicher Form sind ein beliebtes Sammelgebiet«, erklärte Justus. »Und manche Leute sind da eben fantasievoller als andere.«
»Schräg ist es trotzdem. Aber zumindest waren die beiden sympathisch.« Plötzlich hielt Peter inne. Jetzt, im hellen Sonnenlicht, hatte er etwas Eigenartiges auf dem ›Duke‹ entdeckt. »Oh.«
Neugierig trat Justus einen Schritt näher. »Noch eine Entdeckung?«, fragte er.
»Nichts Aufregendes, aber doch ungewöhnlich.« Peter hielt seinem Freund den Football hin.
Stirnrunzelnd betrachtete der Erste Detektiv ein kleines, in roter Farbe gezeichnetes Herz, das mittig auf dem Ball prangte. »So etwas gehört vermutlich nicht zum Standard-Design, oder?«
»Nein, das wurde nachträglich draufgemalt. Offensichtlich wollte jemand –« Peter stutzte und legte den Kopf schief. »Wer … ist *das* denn?«
Irritiert folgte Justus dem Blick seines Freundes. Vom anderen Ende der Straße kam eine Gestalt auf die Jungen zugelaufen. Der vielleicht dreißigjährige Mann hatte ein weißes Nachthemd an und zwei kleine Flügel auf den Rücken geschnallt, die im hektischen Takt seiner Schritte wild hin- und herschlenkerten. Auf seinem Kopf trug er eine hellblonde, schulterlange Lockenperücke. Seine Stirn war schweißnass und sein verzerrter Gesichtsausdruck passte so gar nicht zu der fröhlichen Verkleidung.
»Just …«, hauchte Peter. »Der Typ hat doch nicht alle Tassen im Schrank.«

Doch Justus reagierte nicht. Es war einer der seltenen Momente, in denen es dem Ersten Detektiv schlicht die Sprache verschlagen hatte.
Wenige Sekunden später hatte der hochgewachsene Mann die beiden erreicht. Er stoppte abrupt vor Peter, gab ihm zwei schmatzende Küsse auf beide Wangen, entriss dem völlig überrumpelten Jungen den Football und brüllte dann, bevor er wie von Sinnen weiterrannte: »Omnia vincit amor!«

# Seltsame Beobachtungen

»Also, noch einmal: Was genau hast du da draußen vor dem Institut getrieben?«

Der zornige, vielleicht zwanzigjährige Wachmann, der plötzlich hinter Bob aufgetaucht war, hatte den Jungen am Hemdkragen ins Innere des Gebäudes gezerrt. Nun hockte der dritte Detektiv auf einem unbequemen Stahlrohrstuhl in einem schmucklosen Büro und hob beschwichtigend die Hände. »Wie ich Ihnen schon versucht habe zu erklä–«

In diesem Augenblick wurde er durch einen eintretenden Mann unterbrochen. Der hochgewachsene Mittfünfziger mit grauschwarzen Haaren, Nickelbrille und strahlend weißem Kittel war sichtlich ungehalten. »Was ist denn das hier für ein Lärm, Reginald?« Sein überraschter Blick schoss zu Bob hinüber. »Und wer ist *das* da?«

Unsicher trat der Wachmann einen Schritt zurück. Bei seiner Antwort verhaspelte er sich zunächst – er schien in seinem Job noch nicht sehr erfahren zu sein. »Ich ... Das ... Ein ... Rumtreiber, Sir. Ich habe ihn auf frischer Tat dabei ertappt, wie er das Gelände ausspioniert hat.«

»Ich habe nichts ausspioniert!«, widersprach der dritte Detektiv energisch.

»Sondern?«, fragte der Mann in Weiß, dessen Namensschild auf der Brust ihn als Dr. Grover Gilcrest auswies.

Bob zögerte. »Ich ... habe etwas gesucht.«

»Aha!«, platzte es aus dem Wächter heraus. »Also doch!«

»Nicht, was Sie denken! Es wäre wirklich sehr freundlich,

wenn Sie mich einmal ausreden lassen würden.« Wie immer bei einer heimlichen Beobachtungsaktion hatte sich Bob vorher überlegt, welche Ausrede er benutzen würde, falls man ihn erwischen sollte. Eine schon oft erfolgreich angewandte Methode war das Verweisen auf angebliche Schulprojekte. Auch diesmal hatte sich der dritte Detektiv für die bewährte Strategie entschieden. »Im Biologie-Unterricht behandeln wir gerade seltene heimische Pflanzen, und übers Wochenende sollen wir ein wenig Feldforschung betreiben.«

»Feldforschung?«, fragte Dr. Gilcrest mit zweifelnder Miene.

»Genau«, bestätigte Bob. »In einem Artikel einer Fachzeitschrift habe ich gelesen, dass hier im Südosten von Torrance einige außergewöhnliche Vertreter der höchst seltenen Gamora-Sprosse zu finden sind.« Er deutete auf seine Hosentasche. »Darf ich?«

Argwöhnisch legte der Wachmann seine rechte Hand auf das Pistolenholster an seinem Einsatzgürtel. »Okay, aber mach keine Dummheiten.«

»Werde ich nicht.« Vorsichtig griff Bob in die Tasche und zog mit begeistertem Gesichtsausdruck drei Klarsichtbeutel hervor. »Bei meiner Suche hatte ich tatsächlich Erfolg! Hier, schauen Sie mal!«

Skeptisch betrachteten die Männer das abgezupfte Pflanzenmaterial in den Beuteln.

Der Wachmann beugte sich näher vor. »Also ... für mich sieht das aus wie stinknormales Gras.«

Das verwunderte Bob keineswegs, denn es *war* stinknormales Gras. Den Namen der Pflanze hatte er von einer Comic-Heldin geliehen, deren Hautfarbe genauso grün war wie die erfundene Sprosse. Aber das konnten die Männer ja nicht wissen. Und der völlig verzückt wirkende dritte Detektiv spielte seine Rolle äußerst überzeugend. »Lassen Sie sich vom oberflächlichen Eindruck bitte nicht täuschen – die unterschiedlichen Details sind absolut eindeutig! Hier …« Er öffnete einen der Beutel, zog drei vertrocknete Grashalme heraus und zückte seine Klapplupe. »Die gezackte Raspelung an der Innenseite des nebulanischen –«

Dr. Gilcrest winkte ab. »Jaja, schon gut – pack das Grünzeug wieder ein und zisch ab.« Mahnend hob er den Zeigefinger. »Und mit Abzischen meine ich: Runter vom Gelände. Das hier ist kein botanischer Garten.«

»Verstanden, Sir.« Eilig steckte Bob die Tüten wieder in seine Hosentasche und lächelte breit. »Nach diesem triumphalen Erfolg gibt es ohnehin keinen Grund mehr, noch länger zu bleiben.«

Verdattert blickte Peter dem geflügelten Läufer nach. »Dieser … blonde Engel hat unseren Football geklaut!« Er deutete in Richtung des sich schnell entfernenden Mannes. »Soll ich hinterher?«

»Nein«, widersprach Justus. Ein belustigtes Lächeln umspielte seine Mundwinkel. »Meiner Ansicht nach spricht viel dafür, dass hier kein Engel, sondern ein römischer Gott am Werk war, der sich seine moderne Form von Pfeil zurückgeholt hat.«

»Hä?« Völlig perplex hob der Zweite Detektiv die Augenbrauen.

»Ganz einfach: In der römischen Mythologie ist Amor der Gott der Liebe. Er hat stets einen Bogen in der Hand. Trifft er mit seinen Pfeilen ins Herz, verlieben sich die Auserwählten auf der Stelle unsterblich.«

»Ah, jetzt kapier ich – und statt Pfeil und Bogen benutzt dieser Typ einen Football mit Herzchen drauf.« Peter verzog die Mundwinkel. »Da kann ich ja froh sein, dass der Kerl mich nicht mit dem Ding abgeschossen hat. Wer weiß, mit wem der mich anschließend verkuppelt hätte ...«

Justus schmunzelte. »Momentan ist dieser spezialgelagerte Amor offenbar nicht gezielt auf der Jagd. Stattdessen schmeißt er den Ball unkoordiniert in der Gegend herum, um anschließend seinen Leitspruch unter die Leute zu bringen: *Omnia vincit amor* – die Liebe besiegt alles.«

»Ziemlich verrückt – und auch ziemlich peinlich.« Peter hielt inne und runzelte die Stirn. »Sieht Amor nicht eigentlich aus wie ein pummeliges, nacktes Engelchen?«

Der Erste Detektiv zuckte die Schultern. »So genau hat der Mann es offenbar nicht genommen.«

»Einer, der Liebe unter die Leute bringt. Hm ...« Gedankenverloren wischte sich Peter über die Wangen. »Dafür, dass er so eine Superbotschaft verbreitet, sah er aber nicht besonders glücklich aus.«

»Vielleicht handelt es sich um eine verrückte Wette, auf deren Einlösung der Typ keine Lust hat. Oder einen Junggesellenabschied mit schrägen Aufgaben.« Justus deutete nach vorn. »Solange uns Amor keine hilfreichen Informationen zum Thema XFLR-7 liefert, kann er getrost weiterflattern, egal ob mit guter oder schlechter Laune.«

Nach kurzer Besprechung trennten sich die Jungen erneut. Während Peter die Straße zurückging, um in entgegengesetz-

ter Richtung die Befragung fortzusetzen, wandte sich Justus dem nächsten Gebäude auf seiner Seite zu. Plötzlich verharrte er. Gerade hatte sich die Eingangstür geöffnet und ein etwa sechsjähriger blonder Junge trat in den Garten hinaus. Offensichtlich handelte es sich um den kleinen Jannik, von dem Mrs Schrieffer gesprochen hatte. Der Erste Detektiv schmunzelte. Der Junge war von Kopf bis Fuß in ein blau-rot-gelbes Feuerwehrmann-Kostüm gekleidet, einschließlich Kunststoffhelm mit Nackenschutz, Einsatzweste und Wassertank-Rucksack, der über einen kurzen Schlauch mit einer Spritzpistole verbunden war. Mit lässiger Handbewegung klappte der Junge das durchsichtige Visier herunter und begann mit sichtlicher Begeisterung, mehrere Gartenmöbel auf einer kleinen Terrasse vollzuspritzen, die in seiner Vorstellung wohl lichterloh in Flammen standen.
Justus ging in die Hocke, um das Kind auf Augenhöhe anzusprechen, blieb jedoch auf dem Bürgersteig, um nicht einschüchternd zu wirken. »Du machst das ja wirklich super – der Brand ist bestimmt bald gelöscht!«
Überrascht drehte sich der Junge um und klappte das Plastikvisier wieder hoch. »Eigentlich brennt es ja gar nicht.« Zur Erklärung deutete er auf die triefenden Gartenstühle. »Ich spiele das doch nur.«
»Oho!« Anerkennend hob Justus die Augenbrauen. »Dann musst du aber eine tolle Fantasie haben.« Er lächelte breit. »Du bist Jannik, stimmt's? Eine Nachbarin hat mir von dir erzählt.«
Unsicher hantierte der Junge am Griff der Spritzpistole herum. »Papa sagt, ich soll nicht mit Fremden reden.«

»Da hat dein Papa natürlich absolut recht«, stimmte der Erste Detektiv nickend zu. »Und deshalb sage ich dir jetzt meinen Namen. Ich heiße Justus Jonas. Und ich komme von Miss Bowman, die dahinten in der Straße wohnt, vielleicht kennst du sie? Miss Bowman ist ihr Papagei Huxley entwischt und ich laufe hier von Haus zu Haus, um die Leute zu fragen, ob sie den Vogel gesehen haben.«

Nun begann Jannik zu strahlen. »Der ist sooo witzig! Immer wenn ich ihn sehe, kriege ich Hunger.« Der Junge breitete seine Arme aus und machte flatternde Bewegungen. »Jeder Happen ein Gewinn, denn die Soße ist schon drin! Lecker, lecker, leeecker!«

»Genau!«, bestätigte der Erste Detektiv hoffnungsvoll. »Hast du ihn zufällig heute gesehen?«

Jannik runzelte die Stirn und dachte eine Weile nach. »Nein ... heute war das nicht. Vielleicht gestern. Oder das Gestern vor dem Gestern.«

»Verstehe.« Justus seufzte leise und warf einen Blick auf das Haus. Statt einer Klingel entdeckte er einen Messing-Türklopfer. Janniks Eltern schieden als Verdächtige somit aus.

»Soll ich dir beim Suchen helfen?«, fragte der Junge hilfsbereit. »Ich habe echt gute Finde-Augen!«

Jetzt lächelte Justus wieder. »Das ist sehr lieb von dir, aber falls bei dieser Hitze doch mal ein Brand ausbricht, wirst du dringend als Feuerwehrmann gebraucht.«

»Ach ja – stimmt!« Pflichtbewusst rückte der Junge den etwas schief sitzenden Tank-Rucksack zurecht.

Plötzlich zuckte der Erste Detektiv zusammen. Irgendetwas war gerade an seinem Hinterteil entlanggestrichen. Hastig wandte er sich um und erblickte eine auffällig kleine, strahlend weiße Katze, die nun schnurrend und ohne jede Scheu ihren Kopf an seinem rechten Bein rieb.

»Ist das eure?«, fragte er den Jungen.

»Nein, das ist doch Lenny«, kam prompt die Antwort.

»Soso.« Zögernd streichelte Justus die Katze, die wohlig ihre Augen schloss und noch intensiver zu schnurren begann. »Ist sie immer so zutraulich?«

Jannik tippte mit seinem Zeigefinger gegen den Feuerwehrhelm. »Lenny ist ein bisschen verrückt. Sie rennt durch alle Gärten, versteckt sich in den Häusern und springt ständig in fremde Autos, wenn man nicht aufpasst.«

Beim Stichwort ›verrückt‹ fiel Justus etwas ein. »Ich habe noch eine Frage. Gerade ist mir ein Mann begegnet, der wie ein Engel verkleidet war. Kennst du ihn vielleicht?«

Schlagartig verfinsterte sich die Miene des Jungen. »Der Flügelmann hat mir Angst gemacht. Hat laut irgendwelche Sachen geschrien und mich ganz gemein angestarrt.«

»Aber du weißt nicht, wer er ist?«, hakte der Erste Detektiv nach.

Jannik schüttelte den Kopf.

»Hast du ihn vielleicht früher schon mal gesehen? Ohne Verkleidung?«

Jetzt wurde der Junge wütend. »Nein! Und ich will ihn auch nie, nie, niemalsnicht wiedersehen!« Die folgenden Worte ließen Justus perplex innehalten. »Das ist ein böser Mann! Und wie alle bösen Männer kommt er ganz bestimmt aus dem Dunkelhaus!«

# Wieder vereint

»Aus dem … Dunkelhaus?« Justus blinzelte verwirrt. »Was meinst du damit?«
»Na, das unheimliche Haus, in dem nie Licht ist«, erwiderte Jannik. »Und trotzdem sind immer wieder Gesichter hinter den Fenstern.«
Justus horchte auf. »Gesichter von den bösen Männern?«
Der Junge nickte.
Nachdenklich zupfte Justus an seiner Unterlippe. Er fragte sich, ob es einen Zusammenhang zwischen den Diebstahlplänen und diesen seltsamen Männern gab. »Kannst du mir sagen, wo dieses seltsame Dunkelhaus ist?«
Janniks linker Zeigefinger schnellte nach vorn. »Na, da drüben!«
Der Erste Detektiv schaute die schnurgerade Straße hinunter in die gewiesene Richtung. Ungefähr fünfzehn Häuser weiter erblickte er eine ziemlich verwahrlost aussehende mehrgeschossige Villa, die tatsächlich einen äußerst düsteren Eindruck machte. Nun wusste er also, wo die ›bösen Männer‹ zu finden waren. Um dem Gespräch nach diesem schwierigen Thema einen positiven Abschluss zu geben, überlegte er sich rasch eine kleine Ablenkung. Er hob die Nase und schnupperte geräuschvoll nach links und rechts.
»Sag mal … riecht es hier nicht nach Rauch?« In gespielter Aufregung riss Justus die Augen auf und deutete auf eine Markise oberhalb der Terrasse. »Da! Der Stoff hat sich entzündet, siehst du?«

Jannik wirbelte herum. Dann blickte er den Ersten Detektiv grinsend an und salutierte. »Kein Problem – die Feuerwehr ist schon da!« Mit diesen Worten klappte der Junge sein Visier wieder runter, richtete die Spritzpistole auf die Markise und begann eifrig mit dem Löschen.

Lächelnd wandte sich Justus um und ging auf die finstere Villa zu. Die Nachbarn, die er jetzt übersprang, würde er später aufsuchen. Vor dem ›Dunkelhaus‹ angekommen lehnte er sich an einen Laternenpfahl und zückte eine Straßenkarte, die er extra für einen solchen Zweck eingesteckt hatte. Er hatte diese Tarnung schon mehrfach benutzt, um keine ungewollte Aufmerksamkeit zu erregen, wenn er zu Beobachtungszwecken für eine gewisse Weile irgendwo stehen blieb. Während er nun so tat, als würde er auf der Karte nach einer bestimmten Straße suchen, schaute er unauffällig zur Villa hinüber, die ihre beste Zeit schon lange hinter sich hatte. Aus der Nähe wirkte das Gebäude noch abweisender. Von der Fassade blätterte der Putz herab, die Fensterscheiben waren stark verschmutzt und der vorgelagerte, völlig verdorrte Garten war sicher seit Ewigkeiten nicht mehr gewässert worden. Von irgendwelchen Leuten im Inneren des Hauses war jedoch nichts zu sehen. Sollte Janniks rege Fantasie mit ihm durchgegangen sein? Vielleicht gab es gar keine bösen Männer. Plötzlich nahm Justus hinter einem der Fenster im zweiten Stock doch eine Bewegung wahr. Neugierig spähte er über die Straßenkarte hinweg. Einige Sekunden vergingen, dann tauchte erneut eine Gestalt hinter der Scheibe auf. Verwirrt zog Justus die Stirn kraus. Zwar hatte er nur einen kurzen Blick erhaschen können, aber er war überzeugt davon, soeben Miss Bowmans grantigen Nachbarn erkannt zu haben. Den Ersten Detektiv irritierte jedoch nicht allein die Tatsache, den Mann in einem fremden, noch dazu so heruntergekommenen Haus anzutreffen. Vielmehr war es sein Auftreten: Trevor Craddick, bekleidet mit einer Elvis-Presley-Perücke und einer pinken Sonnenbrille, war hektisch auf und ab gesprungen. Mit wutverzerrtem Gesicht und gespitzten Lippen. Da das Fenster einen Spalt weit offen stand, drang die Melodie des laut gepfiffenen Liedes nach draußen: ›Love Me Tender‹ …

Zeitgleich hatte der Zweite Detektiv die ersten Nachbarn in entgegengesetzter Richtung befragt: eine freundliche rothaarige Frau Anfang zwanzig und einen etwas zerstreut wirkenden, circa sechzigjährigen Mann mit Glatze. Beide kannten den Papagei zwar, hatten ihn in letzter Zeit aber nur gehört, nicht gesehen. Und da ihre Türklingeln nicht die geringste Ähnlichkeit mit der berühmten Big-Ben-Glocke hatten, konnten sie getrost als unverdächtig abgehakt werden. Als Peter sich gerade dem nächsten Haus zuwenden wollte, klingelte sein Handy. Laut Display war es der dritte Detektiv. »Hallo, Bob! Na, warst du erfolgreich?«
»Kann man so sagen«, kam die gut gelaunte Antwort. »Und ihr?«
Peter gab einen kurzen Seufzer von sich. »Das kommt ganz auf die Sichtweise an. Über Huxley und seine ›Beliebtheit‹ in der Nachbarschaft haben wir so einiges rausgefunden. Bei Big Ben aber bis jetzt komplette Fehlanzeige.«
»Schade. Na ja, manchmal muss man eben einfach Geduld haben.«

»Wahre Worte.« Peter wischte sich eine verschwitzte Haarsträhne aus der Stirn. »Und was machst du jetzt?«
»Nach meinem Abstecher zum Institut habe ich hier in Torrance noch ein paar Recherchen durchgeführt. Jetzt bin ich fertig und komme zurück nach Santa Monica. Ich schlage vor, ihr sucht in der Zwischenzeit einen Schnellimbiss aus, in dem wir etwas essen und uns besprechen können.«
»Gute Idee«, stimmte Peter zu und grinste. »Justus' Magenknurren ist bis hierher zu hören.«
Tatsächlich war es schon mehr als sechs Stunden her, dass die Jungen zu Mittag die köstlichen Käse-Makkaroni von Justus' Tante Mathilda genossen hatten.
»Alles klar«, erwiderte Bob. »Dann sagt mir Bescheid, wo ich hinkommen soll.«
»Machen wir, bis gleich!«

Eine halbe Stunde später waren die drei ??? wieder vereint. Auf den Beschluss des Ersten Detektivs hin hatten sie sich bei ›Jordy's‹ getroffen, einem kleinen Burger-Restaurant, das für seine vielen verschiedenen Barbecue-Soßen bekannt war. Die klimatisierte Luft war nach der immer noch drückenden Sommerhitze eine wahre Wohltat. Nachdem die Jungen ihre Bestellung aufgegeben hatten, ergriff Justus das Wort. Allerdings nur mit gedämpfter Stimme, damit keiner der übrigen Gäste etwas von dem Gespräch der drei ??? mitbekam.
»Da Peter und ich bei unserer Befragung bis jetzt nur sehr eingeschränkten Erfolg hatten, schlage ich vor, dass du mit deinem Bericht beginnst, Bob. Unser Zweiter hat bereits eine Andeutung gemacht, dass du mehr Glück gehabt hast als wir.«

»Mit Glück hatte das nichts zu tun. Schließlich hat mich prompt der Wachdienst erwischt.«

»Oh nein!« Peter riss die Augen auf.

Auch Justus sah Bob mit einer Mischung aus Sorge und unterschwelligem Tadel an. »Dann hast du also bei der Beschattung gepatzt?«

»Ganz im Gegenteil.« Der dritte Detektiv lächelte stolz. »Die ganze Aktion hatte ich bis ins Detail so geplant.«

»Was?«, entfuhr es seinen Freunden wie aus einem Mund. Sie trauten ihren Ohren nicht.

Bob hob beschwichtigend die Hände. »Ich habe durchaus nicht den Verstand verloren, falls ihr das befürchtet.«

Justus lehnte sich auf seinem Stuhl zurück und verschränkte die Arme vor der Brust. »Ich bekenne offen, dass ich selten so gespannt auf eine Erklärung war.«

»Ebenfalls«, pflichtete Peter bei.

»Aaalso«, setzte Bob an. »Die Ausgangslage war denkbar schlecht. Schon von Weitem konnte ich sehen, dass ich von außen mit Sicherheit an keine Informationen rankommen würde. Die Fassaden des Instituts sind komplett verspiegelt und vor dem einzigen Zugang steht ein Wächterhäuschen.«

Peter stöhnte mitfühlend. »Detektivisch ein Albtraum.«

»Das kannst du laut sagen. Notgedrungen musste ich mir eine Taktik zurechtlegen, und die war sowohl einfach als auch effektiv.« Ein zufriedenes Grinsen huschte über Bobs Gesicht. »Da ich heimlich niemals bei ›Icotrone‹ reingekommen wäre –«

»… hast du es auf die *un*-heimliche Tour versucht, indem du auf dich aufmerksam gemacht hast«, folgerte Justus mit anerkennender Miene. »Als erwischter Eindringling auf dem Gelände hattest du zumindest eine gewisse Chance, ins Innere zu gelangen und dabei auf etwas Interessantes zu stoßen.«

Peter deutete ein Händeklatschen an. »Echt clever!«

Lächelnd zückte Bob sein Notizbuch. »Ich habe mich als Teilnehmer eines Schulprojekts in Biologie ausgegeben, der in der Umgebung nach seltenen Pflanzen sucht. Hat besser geklappt, als ich gedacht habe.«

»Hut ab – ein famoser Vorwand«, lobte Justus.

»Vielen Dank, Chef. Tatsächlich konnte ich drinnen einige Infos aufschnappen. Zum Beispiel, dass der Wächter Reginald heißt.«

Skeptisch hob der Erste Detektiv die Augenbrauen. »Nichts für ungut, aber das dürfte uns nicht wirklich weiterbringen.«

»Nun wart's doch ab«, erwiderte Bob. »Das war ja noch nicht alles. Als Reginald mich gerade in ein Büro gezerrt hatte, um mich zu befragen, ist ein Mitarbeiter des Instituts reingeplatzt. Großer Typ mit schwarzen Haaren und weißem Kittel, laut Namensschild ein Dr. Grover Gilcrest.«

»Holla, das klingt schon deutlich spannender«, räumte Justus ein.

»Und das Büro?«, fragte Peter neugierig. »War da irgendwas Auffälliges?«

»Auf den ersten Blick nicht, der kleine Raum war sehr karg eingerichtet. Ein Schreibtisch mit Computer, der aber ausgeschaltet war, drei Gästestühle, ein Schrank mit geschlossenem Rollladen und eine Bodenvase mit Kunstblumen. Der einzige sonstige Schmuck waren mehrere Kunstdrucke an den Wänden. Historische Weltkarten, meiner Einschätzung nach aus dem 15. und 16. Jahrhundert.«

»Weltkarten?« Irritiert zog Justus die Stirn in Falten.
Bob nickte. »Ja. Für damalige Verhältnisse hochdetailliert, aber natürlich voller weißer Flecken für Regionen, die noch nicht entdeckt waren.«
»Solche Karten gibt es doch wie Sand am Meer«, wandte Peter ein. »Wahrscheinlich hängen in hunderttausenden Haushalten diese Dinger.«
»Das ist mir schon klar«, gab Bob angesäuert zurück. »Und als ich da saß, konnte ich auch noch keine weiteren Schlüsse daraus ziehen.«
»Aber später dann doch«, vermutete Justus, dessen Augen beim Anblick der nun von einer Kellnerin servierten Speisen zu leuchten begannen.
Gierig machten sich die Jungen über ihre herzhaft gewürzten Texas-Burger, Pommes und Colas her.
Zwischen zwei Bissen nahm Bob den Faden wieder auf. »Mit dem Namen von Dr. Gilcrest hatte ich ja nun Munition für meine weitere Recherche. Praktischerweise konnte ich dabei auf die Unterstützung meines Vaters zurückgreifen.«
Mr Andrews arbeitete als Journalist bei der Tageszeitung ›Los Angeles Post‹ und hatte den drei ??? in der Vergangenheit schon oft geholfen.
»Im Internet ist über Dr. Gilcrest so gut wie nichts zu finden«, fuhr der dritte Detektiv fort. »Aber mit Hilfe eines Kollegen aus der Wissenschaftsredaktion hat Dad dann doch eine interessante Auskunft bekommen.« Bob machte eine kleine Kunstpause. Er genoss es sichtlich, diesmal einen Kenntnisvorsprung gegenüber Peter und – vor allem – Justus zu haben.
»Wärst du so gütig, uns zeitnah in die kostbaren Ergebnisse

deiner Ermittlungen einzuweihen?«, gab der Erste Detektiv ungeduldig zurück.
»Klar, hört zu: Über seinen aktuellen Job ist nichts herauszufinden, aber bis vor fünf Jahren hat Grover Gilcrest als leitender Ingenieur in einem namhaften Forschungszentrum für *Satellitentechnik* gearbeitet, Schwerpunkt: Strahlenresistenz, Energieversorgung und Telemetrie.«
»Tele...was?«, fragte Peter.
»Vereinfacht gesagt handelt es sich um die Übertragung von Messwerten, was bei Weltraum-Einsätzen natürlich immens wichtig ist«, klärte Justus auf.
Bob hob den rechten Zeigefinger. »Und es kommt noch besser. Zu dem Institut in Torrance gibt es bekanntlich kaum öffentlich zugängliche Angaben. Aber nach einigem Rumtelefonieren ist es mir doch gelungen, eine weitere erstaunliche Information einzuholen.«
»Nämlich?«, fragte Justus hochgespannt.
Der dritte Detektiv beugte sich zu seinen Freunden vor und senkte die Stimme. »›Icotrone‹ hat seit vielen Jahren eine direkte Anbindung an die amerikanische Aeronautik- und Raumfahrtbehörde NASA!«

# Satelliten, Flinten und ein Engel ohne Flügel

»Die NASA??« Jetzt war der Zweite Detektiv endgültig baff. Auch Justus war beeindruckt. »Ein Mitarbeiter von unserer Klientin ist also ausgewiesener Experte für Satellitenforschung. Und das streng abgeschirmte Institut, in dem beide arbeiten, kooperiert mit der US-Bundesbehörde für Raumfahrt und Flugwissenschaft. In der Tat: höchst bemerkenswert!«

»Moment mal, Leute ...« Peter runzelte die Stirn. »Das bedeutet also, XFLR-7 ist ein supergeheimes Satelliten-Projekt?«

»Zumindest spricht einiges dafür«, entgegnete Bob mit einem Nicken. »Jedenfalls würde das Miss Bowmans extreme Heimlichtuerei erklären. Und die unvollständigen Weltkarten in dem Büro könnten symbolisch für das Ziel von ›Icotrone‹ stehen, die weißen Flecken in der Galaxis zu erforschen.«

»Das sehe ich ebenso«, schloss sich der Erste Detektiv an. »Dazu würde auch Miss Bowmans eigentümlicher Satz passen, als sie sagte, dass es eine Katastrophe wäre, wenn das Geheimprojekt in die falschen Hände geriete: ›Schwingen des Unheils‹.«

»Stimmt, das war ziemlich merkwürdig«, erwiderte Peter. »Zunächst dachte ich, dass sie mit dieser blumigen Aussage ihren Papagei meinte, der mit seinem Flug quasi die Unheils-Nachricht nach Hause brachte. Aber jetzt halte ich es auch durchaus für wahrscheinlich, dass Miss Bowman sich damit auf XFLR-7 bezog.«

»Also ein Satelliten- oder sonstiges Flugobjekt, das in den falschen Händen großen Schaden anrichten kann«, ergänzte der dritte Detektiv.

»Zumindest ist das eine schlüssige Hypothese.« Justus klopfte Bob auf die Schulter. »Hervorragende Arbeit, Kollege – so allmählich nehmen die Hintergründe Gestalt an. Und von einem ist auszugehen: Bei der ganzen Sache geht es mutmaßlich um eine Menge Geld.«

Nachdem die Jungen zum Nachtisch Softeis und Milchshakes bestellt hatten, berichteten Justus und Peter ihrem staunend zuhörenden Freund von ihren seltsamen Erlebnissen abseits der Befragung.

Ungläubig legte Bob den Kopf schief. »Hier treiben sich ein alberner Amor mit Football statt Pfeil und ein hüpfender Wutpfeifer mit Elvisfrisur herum?«

»Ich weiß, es hört sich verrückt an, aber genauso ist es«, bestätigte der Erste Detektiv.

»Fragt sich nur, was das zu bedeuten hat«, fügte Peter an. »Und ob das alles etwas mit den Gangstern zu tun hat, die wir suchen.«

Nachdenklich fasste sich Bob ans Kinn. »Falls ja, wären das sehr eigenartige Verbrecher. Statt unauffällig im Verborgenen zu agieren, erregen sie mit bizarren Aktionen die Aufmerksamkeit der Nachbarn.«

»Reichlich kontraproduktiv, in der Tat«, schloss sich Justus an, während er mit grüblerischer Miene seine Serviette zu einem kompakten gelben Würfel zusammenfaltete. »Da Jannik von mehreren bösen Männern in dem Dunkelhaus sprach, ist nicht auszuschließen, dass noch weitere Personen in der Villa herumgeistern. Für uns Anlass genug, das Gebäude einer weiteren Beschattung zu unterziehen. Aber noch nicht jetzt, sondern nach Sonnenuntergang, wenn wir ungesehen näher herankommen.«

Der Zweite Detektiv gab einen leisen Seufzer von sich. »Also wieder mal ein Nachteinsatz. Da muss ich aber erst zu Hause Bescheid sagen.«

»Das müssen wir alle«, pflichtete Justus bei und beobachtete mit seligem Gesichtsausdruck, wie die Kellnerin sich mit einem silbern glänzenden Tablett ihrem Tisch näherte, auf dem sich die farbenfrohen Desserts der Jungen befanden. »Aber zuvor sollten wir uns dem krönenden Abschluss unseres Menüs zuwenden.«

Als die Jungen eine Viertelstunde später wieder nach draußen traten, führten sie zunächst ihre Telefonate, um die Erlaubnis für eine auswärtige Übernachtung – jeder jeweils bei einem anderen der Detektive – einzuholen. Dies klappte glücklicherweise in allen drei Fällen, da ja Wochenende war. Anschließend schmiedeten die Jungen ihre Pläne und machten sich wieder an die Arbeit. Es wurde langsam dämmrig.

Justus deutete auf ein elegantes kleines Haus. »Vorhin auf dem Weg zu der seltsamen Villa habe ich die Befragung an dieser Stelle unterbrochen. Laut Namensschild auf dem Straßenbriefkasten wohnt hier ein Mr Garter.«

Peter nickte. »Na, dann los.«

Während sie den überaus gepflegten Weg aus Natursteinfliesen entlanggingen, ließ der Erste Detektiv seinen Blick über das Grundstück schweifen. »Seht euch das an – die Hecken sind gerade gestutzt und der Rasen ist sauber gemäht. Mr Garter muss ein ordentlicher Mann sein.«

Bobs Zeigefinger wanderte zum Klingelknopf. Ein hoher Dreiklang ertönte.

»Wieder kein Big Ben ...«, murrte Peter.

Wenige Sekunden später wurde die auf Hochglanz polierte Tür aufgerissen und ein hagerer, etwa achtzigjähriger Mann mit weißem Vollbart und hellem Leinenanzug starrte die Jungen finster an. »Ja? Was wollt ihr Burschen hier?«

»Bitte entschuldigen Sie, Sir«, erwiderte Justus höflich. »Wir haben soeben eine Nachbarin von Ihnen, Miss Bowman, besucht. Sie vermisst ihren Papagei Huxley und nun fragen wir herum, ob jemand etwas über sein Verschwinden weiß.«

Die Augen des Mannes verengten sich und seine schmalen Augenbrauen hoben und senkten sich wieder. Zornig verzog er die Mundwinkel. »Eure Miss Bowman hat ihren Papagei verloren, ha! Wie schon x-mal vorher, was? Na, soll er zum Teufel gehen! Ein Glück, dass er fort ist, und hoffentlich bleibt er auch weg. Ich *hasse* das Vieh!«

Trotz dieses unerwartet heftigen Ausbruchs gelang es dem Ersten Detektiv, eine gelassene Miene zu bewahren. »Sicherlich haben Sie Ihre Gründe dafür, dass Sie diesen Vogel nicht mögen, Sir. Würden Sie uns wohl sagen, was er Ihnen getan hat?«

»Was er mir getan hat?«, wiederholte Mr Garter höhnisch. »Na, was er *dauernd* tut! Er kreischt und krakeelt den ganzen Tag von Verkehrsstaus und Hähnchenbrustfilets, zerrupft meine Beete, scharrt in meinem Rasen und hinterlässt Dreck!«

Mit hochrotem Kopf ballte der Mann seine knotigen Hände zu Fäusten. »Dieser verflixte Vogel kackt, als wenn er's bezahlt bekäme! Und natürlich grundsätzlich *immer* genau auf die Fliesen!«

»Das tut uns leid, Sir«, entgegnete Justus betreten. »Wenn der Papagei Schaden angerichtet hat, so wird Miss Bowman ihn sicherlich wiedergutmachen.«

»Bestimmt«, schloss sich Peter an. Auch Bob nickte.

»Sie vermisst ihren Papagei sehr«, fuhr Justus fort. »Ich bin überzeugt, sie würde alles tun –«

»Alles tun?«, fiel ihm Garter ins Wort. »Ha! Das kann ich auch von mir behaupten – wartet mal.« Energisch wirbelte der Alte herum und stapfte ins Innere des Hauses.

»Aber, Sir, wir …«, setzte Justus an, doch da war der Mann schon in einem der Zimmer verschwunden.

»Weg ist er«, kommentierte Bob knapp.

Peter horchte in den Hausflur hinein. »Und schon kommt er zurück.«

Tatsächlich erschien der wutschäumende Mr Garter wieder im Türrahmen. »*Das* würde ich tun!«

Beunruhigt erkannten die Jungen, dass der Mann nun bewaffnet war.

Justus bemühte sich, auch weiterhin mit fester Stimme zu sprechen. »Ein Gewehr.«

Garter nickte ruckhaft. »Jaa, eine Schrotflinte! Eine Ladung würde ich ihm ins Gefieder jagen.« Er zielte demonstrativ in die Luft. »Und wenn mir noch einmal der Papagei von dieser Miss Bowman oder irgendein anderer verflixter Schreivogel hier auf meinem Grundstück unter die Augen kommt, dann zahle ich es ihm heim!« Mit diesen Worten knallte der Mann den drei ??? die Tür vor der Nase zu.

Für einen Moment herrschte verblüfftes Schweigen. Dann ergriff Peter das Wort. »Mannomann, das ist ja ein echt sympathischer Opa. Der sollte dringend mit diesem Mr Craddick eine Wohngemeinschaft gründen.«

»Oder gleich einen Verein«, schlug der Erste Detektiv vor. »Slogan: ›Nur ein abgeknallter Vogel ist ein guter Vogel‹.«

Kopfschüttelnd wandte sich das Trio ab und setzte die Befragung fort.

Kurz darauf staunten Justus und Peter nicht schlecht, als ihnen beim übernächsten Haus, nach einem unharmonischen Schrillen der Klingel, der falsche Amor öffnete. Inzwischen war der Mann, der laut Türschild Victor Marshfield hieß, allerdings mit neongelbem T-Shirt und kurzen Jeans bekleidet. Statt der falschen Locken trug er einen kastanienbraunen Kurzhaarschnitt. Über den unerwarteten Besuch schien er nicht gerade erfreut zu sein.

»Ihr schon wieder?«, fragte er mit Blick auf den Ersten und Zweiten Detektiv. »Ihr seid mir doch vorhin schon über den Weg gelaufen.«

»Über den Weg gelaufen ist gut«, erwiderte Peter spöttisch. »Sie haben sich an mich rangeschmissen und mich dann abgeknutscht.«

Justus setzte dagegen ein freundliches Lächeln auf. »Vielleicht mögen Sie uns ja netterweise darüber in Kenntnis setzen, ob es einen konkreten Beweggrund gab, warum Sie meinem Freund diese unvermuteten Herzlichkeiten haben zukommen lassen?«

Der Mann rümpfte die Nase. »Was faselst du denn so geschraubt? Willst du mich veralbern?« Er stockte und kniff die

Augen zu schmalen Schlitzen zusammen. »Oder ist das Ganze hier nur ein Trick? Schickt euch etwa der alte Spitzel Garter?«

»Spitzel?«, fragte Justus verwirrt.

Drohend baute sich Mr Marshfield vor den Jungen auf. »Wer auch immer euch schickt – sagt Garter und dem Rest der Bande, dass meine Ausführung perfekt war, klar? Sonst lernt ihr mich kennen!«

# Im Haus der bösen Männer

Nach dieser seltsamen Aufforderung ließ der Mann das verdutzte Trio stehen, wandte sich um und schloss die Tür.

Bob räusperte sich. »Okayyy ... Also, eins können wir definitiv schon mal feststellen: Hier in der Gegend leben *sehr* merkwürdige Menschen.«

»Nicht nur merkwürdige, sondern obendrein noch gefährliche«, ergänzte Peter mit mulmigem Gefühl. »Mich kriegen jedenfalls keine zehn Pferde mehr auf das Grundstück von dem schießwütigen Flinten-Opi.«

Der Erste Detektiv strich sich nachdenklich über den Nasenrücken. »Ein weiterer bemerkenswerter Punkt ist die Tatsache, dass zwischen einigen dieser Merkwürdigkeiten ein direkter Zusammenhang zu bestehen scheint. Und denkt an den Begriff, den Marshfield bei der Erwähnung von Mr Garter verwendet hat.«

»Bande«, gab Bob zurück.

Peter runzelte die Stirn. »Dann ... stecken die vielleicht wirklich hinter den Einbruchsplänen bei ›Icotrone‹.«

»Wenn ja, wäre das eine ziemlich bescheuerte Verbrechertruppe«, stellte der dritte Detektiv fest.

Justus zuckte die Schultern. »Mit exzentrischen Kriminellen hatten wir es bekanntlich schon häufiger zu tun. Zum jetzigen Zeitpunkt können wir somit keine Verdachtstheorie ausschließen, so abwegig sie auch erscheinen mag.«

»Und was heißt das jetzt für uns?«, wollte Peter wissen.

»Das heißt, dass wir heute Nacht das Geheimnis rund um

Marshfield, Garter und Craddick lüften werden.« Justus blickte auf seine Armbanduhr. »In einer Viertelstunde ist es dunkel, so langsam werden die Leute auf weitere Hausbesuche misstrauisch reagieren. Deshalb schlage ich vor, wir gehen jetzt zum Käfer und rüsten uns mit Taschenlampen aus.«

»Und anschließend geht's an die Beschattung des Dunkelhauses«, folgerte Bob.

»Ja, aber nicht ohne Absicherung«, erwiderte Justus. »Garter und Marshfield sind momentan noch in ihren Häusern. Deshalb solltest du etwas abseits deinen Wagen hier parken und uns warnen, sobald die beiden oder sonstige Nachbarn ihr Grundstück in Richtung Dunkelhaus verlassen. Währenddessen werden Peter und ich erkunden, ob Mr Craddick oder andere Vertreter der ›bösen Männer‹ sich im Haus aufhalten und welches Ziel sie dort verfolgen.«

»Ähm …«, mischte sich Peter zögerlich ein. »Die Überwachung von Marshfield und Garter kann doch auch ich übernehmen. Im Dunkeln habe ich Augen wie eine Katze.«

»Genau deshalb brauche ich dich ja beim *Dunkel*haus«, entgegnete Justus mit breitem Lächeln. Ihm war natürlich nicht entgangen, dass Peter keinen großen Wert darauf legte, den ›bösen Männern‹ zu begegnen. »Und außerdem werden vielleicht deine Fähigkeiten mit dem Dietrich gebraucht.«

Seufzend rollte Peter mit den Augen. »Das war ja mal wieder klar …«

Bevor die drei Detektive ihren Einsatz starteten, rief Justus ihre Klientin an, um sie über den Ermittlungsstand und die höchst eigenartigen Geschehnisse zu informieren. Doch Miss

Bowman hatte von den seltsamen Nachbarschafts-Aktionen bislang nichts mitbekommen und konnte sich auch keinen Reim darauf machen. Ohne neue Erkenntnisse beendete Justus das Telefonat. Anschließend bezogen die Jungen ihre Positionen. Während Bob in seinem Auto die Nachbarschaftshäuser im Auge behielt, legten sich Justus und Peter hundert Meter entfernt hinter einem vertrockneten Busch gegenüber der düsteren Villa auf die Lauer.

Beim Dunkelhaus blieb zunächst alles ruhig. Auch nach knapp einer Stunde war noch kein Anzeichen von Mr Craddick oder anderen anwesenden Personen zu sehen. Allerdings schreckten die beiden Detektive wegen mehrerer Geräusche und der mangelhaften Deckung infolge des hellen Lichts einer Straßenlaterne noch davor zurück, sich weiter zu nähern.

Entsprechend dem Dreißig-Minuten-Takt, den sie vorher verabredet hatten, nahm Justus gerade zum zweiten Mal Kontakt mit dem dritten Detektiv auf. »Hallo, Bob. Wie sieht's aus bei dir?«

»Wie auf einer seltsamen Pfadfinderfreizeit«, erwiderte Bob. »Nur dass ich nicht auf ein Lagerfeuer schaue, über dem leckere Marshmallows geröstet werden, sondern auf die erleuchteten Fenster fremder Leute.«

»Verstehe. Und aus deinem sarkastischen Unterton schließe ich, dass sich hinter diesen Fenstern immer noch nichts getan hat.«

»Das schließt du richtig«, bestätigte der dritte Detektiv verdrossen. »Deshalb liebe ich Nachtwachen ja so heiß und innig. Entweder es passiert rein gar nichts, sodass man vor Langeweile dauernd gegen das Einpennen ankämpft, oder die Dinge überschlagen sich und man kommt aus der Hektik gar nicht mehr raus.«

»Dann wäre ich persönlich für die Hektik – aus ermittlungstechnischer Sicht herrscht hier nämlich ebenfalls beklagenswerte Flaute.«

Statt einer Antwort gab Bob ein lang gezogenes Gähnen von sich. Doch von einer Sekunde auf die andere war es mit der Schläfrigkeit vorbei, denn plötzlich rief der dritte Detektiv: »HIMMEL!«

»Was hast du?«, fragte Justus besorgt, sodass auch Peter alarmiert dreinblickte.

»Mann, Mann, Mann«, kam die gemurmelte Antwort. »So klein und jagt mir so einen Schrecken ein …«

Ungeduldig hob Justus die Augenbrauen. »Wärst du geneigt, uns aufzuklären, was da bei dir los ist?«

»Hier ist gerade eine weiße Katze auf meine Motorhaube gesprungen. Macht keinen Ton und starrt mich an.« Bob klang wieder deutlich entspannter.

»Verstehe.« Ein Schmunzeln huschte über das Gesicht des Ersten Detektivs. »Dann gebe ich dir den guten Rat, deine Seitenfenster hochzukurbeln.«

»Und … wieso?«

»Die kleine Lenny wurde mir bereits vorgestellt«, klärte Justus auf. »Ich zitiere: Sie ist ein bisschen verrückt und springt gerne in fremde Autos, wenn man nicht aufpasst.«

»Aha, dann werde ich mich mal verrammeln. Over!«

Nach dem Telefongespräch ergriff Peter das Wort. »Vielleicht machen die bösen Männer ja heute eine Auszeit.« In seiner Stimme schwang überdeutlich die Hoffnung mit, dass der Außeneinsatz bei der finsteren Villa vorzeitig abgebrochen werden könnte.

»Falls das tatsächlich so sein sollte, böte sich uns die ideale Gelegenheit, uns in dieser eigentümlichen Immobilie ein wenig näher umzusehen«, stellte der Erste Detektiv fest. »Komm, wir machen einen größtmöglichen Bogen um das Licht der Laterne und schleichen uns seitlich durch den Garten an das Haus ran.«

Murrend folgte Peter seinem Freund geduckt ins Dickicht. Um nicht entdeckt zu werden, ließen die Jungen ihre Taschenlampen natürlich ausgeschaltet. Kurz darauf bot ihnen nur noch der matte Schimmer der schmalen Mondsichel Orientierung. Das völlig verdorrte Gras, das sie durchstreiften, war fast kniehoch und wogte in einem leichten Windzug wie die Oberfläche eines geisterhaften Sees. Obwohl die Hitze des Tages kaum nachgelassen hatte, fröstelte Peter. Ihn überkam das unheimliche Gefühl, als würde das Dunkelhaus aus schwarzen, bösen Augen auf sie herabstarren. Die einschüchternde Silhouette der Villa mit ihrem mächtigen Schornstein nahm mit jedem zurückgelegten Meter immer gewaltigere Ausmaße an. Wie eine düstere Festung ragte das spitzgiebelige Gebäude vor den Jungen in den Nachthimmel. Ein Großteil der Fassade war im Laufe der Jahrzehnte von wildem Efeu überwuchert worden und verstärkte den Eindruck vorsintflutlicher Bedrohlichkeit. Als sie das Haus fast erreicht hatten, wies Justus Peter an, stehen zu bleiben. Er horchte kurz in die Dunkelheit, dann zückte er sein Handy.

»Was gibt's?«, fragte Bob keine Sekunde später.

»Wir befinden uns nun vor der Villa und versuchen, uns Zutritt zu verschaffen. Ab jetzt nur noch im Alarmfall Telefonkontakt.«

»Verstanden. Viel Glück!«

Justus schaltete sein Mobiltelefon auf Vibrationsalarm. Der Zweite Detektiv zog inzwischen sein Dietrichset aus der Hosentasche, doch Justus hielt ihn mit einer knappen Geste zurück. Vorsichtig umschloss er mit der rechten Hand die Klinke des Eingangsportals und drückte sie herunter. Mit leisem Knarren schwang die Tür auf.

»Na toll«, flüsterte Peter genervt. »Da hätte ich genauso gut die Nachbarn überwachen können – gemütlich und sicher in Bobs Auto.«

»Aber da wäre es nicht halb so aufregend wie hier«, erwiderte Justus grinsend. »Außerdem ist es durchaus möglich, dass drinnen noch Türen zu entriegeln sind.«

Leise huschten die Detektive ins Haus. Nachdem er das Portal behutsam wieder geschlossen hatte, schaltete Justus seine Taschenlampe ein, deckte den Lichtkegel jedoch teilweise mit seiner Hand ab, um keine zu auffällige Helligkeit zu erzeugen – sowohl nach innen als auch nach außen. Die große Eingangshalle war komplett verfallen. Verbogene Rohrleitungen ragten aus den maroden Wänden und ein Meer aus Dreck und Scherben bedeckte den Boden. Von der hohen Decke hingen abgelöste Tapetenreste wie gespenstische Algen herab, und in der Luft hing ein durchdringender Geruch nach modrigem Holz und dem Kot diverser Tiere.

Peter verzog das Gesicht. »Wer sich hier freiwillig rumtreibt, muss echt einen Sprung in der Schüssel haben.«

»Oder einen triftigen Grund«, gab Justus zurück.

Plötzlich erstarrten die Jungen mitten in der Bewegung. Direkt über sich hatten sie ein Geräusch wahrgenommen, das jedoch augenblicklich wieder verklungen war. Es hatte wie ein leises Knarren geklungen, irgendwo dort oben in der undurchdringlichen Dunkelheit.
Der Erste Detektiv horchte angestrengt in die Stille hinein. »Vielleicht eine Ratte oder eine streunende Katze.«
»Oder einer der bösen Männer«, entgegnete Peter beklommen. »Und wer weiß, was er vorhat …«
Justus ließ sich nicht beirren. »Finden wir es heraus.«
Nach weiteren Sekunden des Lauschens setzten sie ihren Weg fort. Als sie einen langen Flur durchquert hatten, gelangten sie ins Treppenhaus. Manche Stufen sahen zwar schon bedenklich morsch aus, dennoch wagten die Jungen den Aufstieg in die oberen Etagen – natürlich so leise wie irgend möglich. Als sie den ersten Stock beinahe erreicht hatten, hielten sie erneut abrupt inne und Justus schaltete blitzschnell die Taschenlampe aus. Im nächsten Augenblick war unzweifelhaft klar, dass keine Ratte oder Katze für das vorangegangene Geräusch verantwortlich gewesen sein konnte. Denn keine Ratte oder Katze konnte den flackernden Kerzenschimmer entfacht haben, dessen Widerschein die beiden Jungen plötzlich über sich an der Decke erblickten. Instinktiv hob Justus den Zeigefinger an die Lippen, was jedoch völlig unnötig war, denn Peter war ohnehin in stumme Schreckstarre verfallen. Nun waren auch wieder Geräusche zu vernehmen, diesmal deutlich lauter. Nach einem auffordernden Wink des Ersten Detektivs schlichen die Jungen weiter nach oben, bis sie knapp über die letzte Stufe hinweg in einen weiteren großen Flur hineinspähen konnten. Der

Anblick, der sich ihnen bot, war so skurril, dass sogar der Erste Detektiv kurz an seinen Sinnen zweifelte.

Ungläubig starrten die Jungen auf eine Szenerie, die an ein ebenso lächerliches wie unsinniges Ritual erinnerte. In der Mitte des Flurs, erhellt von etwa zwanzig roten Kerzen, standen zwei Gestalten einander gegenüber. Beide waren in eng anliegende grüne Gymnastikanzüge gekleidet, hatten gelb geschminkte Gesichter und trugen große Blütenkränze um die Köpfe, sodass sie aussahen wie menschliche Blumen. Die linke glich einem weißblättrigen Gänseblümchen, die rechte einem hellblauen Vergissmeinnicht.

»Just ...«, hauchte Peter kaum hörbar. »Sag mir bitte, dass ich an einer mächtigen Vollmeise leide.«

»Wenn ja, dann hat sich die Meise auch bei mir eingenistet«, gab Justus flüsternd zurück.

Nun verbeugte sich das Gänseblümchen vor seinem Gegenüber und verkündete feierlich: »Du bist die schönste Blume in der Nachbarschaft.«

Würdevoll schüttelte das Vergissmeinnicht seinen Blütenkopf und entgegnete: »Nein, *du* bist die schönste Blume in der Nachbarschaft.«

Jetzt schüttelte das Gänseblümchen den Kopf. »Nein, *du* bist die schönste Blume in der Nachbarschaft.«

»Nein, *du* bist die schönste Blume in der Nachbarschaft.«

Und so ging es immer weiter. Fassungslos beobachteten die beiden Detektive das Geschehen.

»Das Gänseblümchen ist Mr Marshfield!«, raunte Justus entgeistert.

»Und das Vergissmeinnicht ist eine Nachbarin, die ich vorhin

befragt habe«, ergänzte der Zweite Detektiv. »Was hat denn das zu bedeuten??«
»Nicht minder wichtig ist die Frage, wie die beiden hierhergekommen sind, ohne dass wir etwas davon mitbekommen haben. Und wieso hat Bob uns nicht gewarnt, dass sie ihre Häuser verlassen haben?«
»Vielleicht ist er eingeschlafen«, erwiderte Peter mit wenig überzeugtem Unterton.
»Unsinn. Da muss etwas schiefgelaufen sein.« Justus deutete nach unten. »Rückzug! Ich will wissen, was passiert ist.«
Leise huschten die Jungen ins Erdgeschoss. Kaum dass sie in der Eingangshalle waren, vibrierte es in der Hosentasche des Ersten Detektivs. Hastig riss er sich das Handy ans Ohr. »Bob!«, keuchte Justus gedämpft. »Was ist denn da bei dir los?«
»Alarmstufe rot! Das Haus von Garter hat eine Hintertür und ich glaube, er ist nicht mehr da!«
Wie aufs Stichwort öffnete sich nun hinter den Jungen knarrend eine Tür. Die beiden Detektive schafften es gerade noch, hinter einem kaputten Sofa in Deckung zu gehen. Von dort aus lugten sie vorsichtig zum Eindringling hinüber.
Mühsam unterdrückte Peter ein ungläubiges Schnaufen. »Jetzt wird's vollkommen bekloppt …«
Tatsächlich bot die Gestalt, die sich nun vor dem Hintergrund des matten Mondscheins abzeichnete, ein ähnlich albernes Bild wie die Blumen oben. Im Türrahmen stand Mr Garter – gekleidet in ein kunterbuntes Schmetterlingskostüm und gekrönt von einem glitzernden Haarreif mit langen Fühlern, an deren Enden rote Herzchen steckten!

# Habt euch alle lieb!

Unvermittelt machte der alte Mann flatternde Bewegungen mit den Armen, wobei auch die beiden Fühler auf seinem Kopf wild hin und her wackelten. Dann riss er energisch die Hände nach oben und brüllte: »Schmetterlinge lieben *Bluuumen*!«
Aus dem ersten Stock ertönte die zweistimmige Antwort: »Und Blumen lieben *Schmeeetterlinge*!«
In diesem Moment rutschte der linke Ellenbogen des Ersten Detektivs von dem glatten Samtstoff ab, auf den er sich gestützt hatte. Das entstehende Poltern erschien den Jungen geradezu ohrenbetäubend.
Mit knisternden Plastikflügeln wirbelte Garter herum und richtete eine gleißend helle Lampe auf das Sofa. »Wer ist da? Rauskommen!«
Zögernd standen Justus und Peter auf.
»Ihr?!«, fauchte der Mann überrascht. Dann klatschte er sich mit der flachen Hand gegen die Stirn. »Jetzt verstehe ich! Dieser ganze elende Papageien-Quatsch von vorhin war nur vorgeschoben!«
Der Erste Detektiv schluckte unwillkürlich. Mr Garter hatte den Nagel genau auf den Kopf getroffen. Aber hieß das nun, dass er die tatsächlichen Gründe der Nachbarschafts-Befragung kannte? Die folgenden Worte machten Justus' Verwirrung perfekt.
»Dann gehört ihr also zum Kontroll-Team!« Der Mann fixierte die Jungen mit bitterbösem Blick. »Aber warum taucht ihr beide ausgerechnet jetzt bei *meiner* Nachtschicht auf?«

Peter hob die Hände. »Sir, bitte beruhigen Sie sich. Das Ganze ist ein großes Missverständnis – wir kontrollieren hier niemanden.«
»Wir haben Geräusche in diesem leer stehenden Gebäude gehört und wollten aus Neugier der Ursache nachgehen«, ergänzte Justus mit bemüht freundlichem Tonfall.
Mr Garter stutzte. Man konnte ihm ansehen, dass seine Gedanken wild umherwirbelten. »Dann geht es euch gar nicht um die Einhaltung der Regeln?«
»Regeln?«, fragte Justus perplex. »Ich verstehe nicht ...«
Nun trat Mr Garter näher und leuchtete die Jungen von oben bis unten mit seiner Taschenlampe ab. Anschließend nahmen seine Gesichtszüge einen noch verbisseneren Ausdruck an. »Das sehe ich!« Mit wutverzerrter Miene packte er den Ersten Detektiv am Arm und starrte ihm direkt in die Augen. »Und jetzt verschwindet! Lasst euch hier nie wieder sehen! Wenn ich euch noch einmal in diesem Haus erwische, dreh ich euch eigenhändig den Hals um!«

Kurz darauf saßen die Jungen in Bobs Käfer beisammen. Die Stimmung war gedrückt.
»Dann müssen die also jeweils über eine Hintertür ihre Häuser verlassen haben, unbemerkt durch die Gärten geschlichen sein und bei der Villa wieder einen hinteren Zugang benutzt haben«, fasste Peter zusammen. »Ansonsten hätte irgendeiner von uns sie sehen müssen.«
»Korrekt«, stimmte Justus zu. »Bleibt die Frage, was das alles zu bedeuten hat.«
Angespannt massierte Bob seine Nasenwurzel. »Ich kann im-

mer noch nicht fassen, was ihr erlebt habt. Das klingt wie ein irrer Kindergarten-Albtraum.«
Peter nickte. »Als hätten diese Typen allesamt den Verstand verloren ...«
»Da muss ich widersprechen.« Nachdenklich zupfte der Erste Detektiv an seiner Unterlippe. »Trotz ihrer vermeintlichen Sinnlosigkeit waren die Aktionen anscheinend präzise koordiniert. Nach Aussage der Leute folgten sie offenbar strengen, kontrollierten Regeln.«
»Stimmt«, gab Peter zu. »Wie das Theaterstück eines total durchgedrehten Regisseurs.«
»Und noch dazu ein Stück, bei dem die Darsteller offenbar nicht ganz freiwillig mitwirken«, fügte Justus an. »Die genervten Gesichter sprachen ja für sich.«
Nachdenklich verschränkte Bob die Arme vor der Brust. »Was geht hier nur vor?«
»Aber sagt mal ... kann uns das nicht eigentlich egal sein?«, wollte der Zweite Detektiv wissen. »Mit dem geplanten Diebstahl von XFLR-7 kann dieser ganze Hokuspokus doch nichts zu tun haben.«
»Verwechsele bitte unwahrscheinlich nicht mit unmöglich«, mahnte Justus. »Zwar halte auch ich hier einen Zusammenhang für unrealistisch, dennoch gebietet es unsere –«
»Stopp!«, unterbrach ihn Bob mit erhobener linker Hand und kritzelte rasch etwas in sein Notizbuch. Dann senkte er die Hand wieder und signalisierte damit, dass der Erste Detektiv nun fortfahren konnte.
Zunächst hielt Justus verdutzt inne, dann setzte er noch einmal neu an. »Wie ich soeben darzulegen versuchte, können

wir trotz der Absurdität der Vorgänge nicht gänzlich ausschließen, dass die ›bösen Männer‹ irgendwie mit unserem Fall in Verbindung stehen. Daher sind wir es unserer detektivischen Sorgfaltspflicht schuldig, dies abschließend zu klären.«

»Ha!«, rief der dritte Detektiv triumphierend und offenbarte seine verdeckt gehaltene Notiz:

Detektivische Sorgfaltspflicht

Während Peter breit grinste, hob Justus nur tadelnd die Augenbrauen. »Es mag euch ja amüsant vorkommen, aber hier handelt es sich nun mal um eines der wichtigsten Gebote, die es bei unserer Arbeit zu beachten gilt.«

»Wissen wir doch«, beschwichtigte Peter. »Bob wollte bloß darauf hinweisen, dass du in manchen Punkten ziemlich berechenbar bist.«

»Berechenbar *und* verlässlich.« Der dritte Detektiv lächelte versöhnlich. »Absolut positive Eigenschaften.«

»Na gut«, erwiderte Justus, dessen Miene sich jetzt ebenfalls aufhellte. »Dann werte ich das einfach mal als Kompliment.«

»Genau *so* war es gemeint«, versicherte Bob schmunzelnd. Dann kratzte er sich nachdenklich am Hinterkopf. »Aber wie stellst du dir diese abschließende Klärung vor?«

»Peter ist sicherlich mit mir einer Meinung, dass die Schrieffers die umgänglichsten Nachbarn waren, die wir bisher kennengelernt haben. Deshalb schlage ich vor, dass wir ihnen gleich morgen früh einen weiteren Besuch abstatten und fragen, ob sie etwas über diese grotesken Verkleidungs-Aktionen wissen.«

»Alles klar.« Bob gab ein lautes Gähnen von sich. »Aber jetzt bitte erst mal zurück nach Rocky Beach. Ich brauche dringend eine Mütze voll Schlaf.«
Der Erste Detektiv nickte. »Antrag angenommen.«

Am folgenden Sonntagmorgen saßen Justus und Peter auf der bereits bekannten gepolsterten Eckbank im Wohnzimmer der Schrieffers. Bob befand sich noch im Wagen, um sein Notizbuch zu suchen, das während der Fahrt zwischen die Sitze gerutscht sein musste.
»Soso, ihr wollt also wissen, was es mit dem seltsamen Verhalten von Garter und Konsorten auf sich hat«, fasste Carol Schrieffer zusammen. Sie lächelte amüsiert. »Diese Typen können ganz schön einschüchternd wirken, stimmt's?«
»Das kann man wohl sagen«, bestätigte Peter. Sein Schlaf war alles andere als erholsam gewesen. Er hatte von einem riesigen Schmetterling geträumt, der ihn über eine endlose Blumenwiese gejagt und aus einer gewaltigen Flinte mit knallroten Herzchen beschossen hatte.
»Die Sache ist ebenso einfach wie verrückt«, erklärte Matt Schrieffer.
Der Erste Detektiv blickte ihn gespannt an. »Wir sind ganz Ohr.«
»Begonnen hat die Sache schon vor längerer Zeit mit einem heftigen Nachbarschaftsstreit. Der Hauptanlass war die alte Villa am Ende der Straße.«
»Die kennen wir«, entgegnete Peter mit leidendem Gesichtsausdruck.
»Das Haus gehörte einem reichen Unternehmer namens Eli-

jah Banyon, der hier in Santa Monica mehrere Häuser besaß«, fuhr die Ehefrau fort, »unter anderem die Villa und das Gebäude direkt daneben, in dem er zeitweise wohnte.«

»Sie sprechen in der Vergangenheitsform«, stellte Justus fest. »Heißt das ...«

»... dass der Mann inzwischen gestorben ist, ja«, bestätigte Matt. »Und bis zu seinem Tod gab es Ärger mit einigen seiner Nachbarn.«

»Und warum?«, erkundigte sich der Zweite Detektiv.

»Banyon stammte aus armen Verhältnissen, hat sich aus eigener Kraft hochgearbeitet und ist zu großem Reichtum gekommen«, erwiderte Mrs Schrieffer. »Das hat in Teilen der Nachbarschaft viel Neid hervorgerufen.«

»Das Wichtigste war aber die Villa«, ergänzte ihr Mann. »Banyon hatte nämlich vor, das baufällige Gebäude abzureißen und dort ein Heim für benachteiligte Kinder zu errichten. Das wollten mehrere Nachbarn jedoch unbedingt verhindern, weil sie kein ›Gesindel‹ hier in der Wohngegend haben möchten. Allen voran Mr Marshfield, Mr Craddick und Mr Garter. Sie haben mehrere Prozesse vor Gericht gegen das Vorhaben angezettelt, sodass sich Banyons Pläne immer weiter verschoben – bis er dann krank wurde und seine Idee nicht mehr umsetzen konnte.«

Justus runzelte die Stirn. »Vielen Dank für diese Hintergrund-Informationen, aber was hat das mit dem jetzigen Verhalten von Garter und Co. zu tun?«

»Ganz einfach.« Carol Schrieffer zog die Augenbrauen hoch. »Um den böswilligen Nachbarn ihre Anfeindungen und Anklagen heimzuzahlen, hat Mr Banyon ein ganz besonderes

Testament hinterlassen. Ich habe vor einiger Zeit mit Mrs Craddick darüber gesprochen, daher weiß ich davon.«

»Und was ist an diesem Testament so besonders?«, fragte Peter gespannt.

»Banyon hat verfügt, dass ein gewisser Teil seines beträchtlichen Vermögens, nämlich stolze 100.000 Dollar, an den besagten Nachbarschaftskreis von insgesamt zehn Leuten ausgezahlt wird, sobald die daran geknüpften Bedingungen erfüllt wurden. Alle Einzelheiten kenne ich nicht, aber dazu gehören offenbar spezielle Aufgaben, die ein Notar in regelmäßigen Abständen an ein mitgeliefertes Faxgerät sendet, das nun bei Mr Garter steht.«

»Aha«, murmelte der Erste Detektiv. »Zu diesen Aufgaben zählen mutmaßlich auch überdrehte Kostüm-Aktionen, die alle irgendwie mit dem Thema Liebe zu tun haben. Der Football gehörte übrigens auch dazu. Der war nämlich mit einem Herz versehen und diente Mr Marshfield als Amor-Wurfgeschoss.«

»Oh, das kannte ich noch nicht.« Matt Schrieffer verzog genervt das Gesicht. »Das Ganze geht nun schon über zwei Wochen so und muss noch bis Ende des Monats durchgehalten werden. Danach wird eine testamentarisch betraute Person entscheiden, ob alle Bestimmungen korrekt erfüllt wurden.«

»Und wer ist diese Person?«, fragte Peter.

»Das weiß keiner«, gab Carol zurück. »Auch das gehört zur nachträglichen Rache des Unternehmers. Die Erbberechtigten verdächtigen sich gegenseitig, im Auftrag von Banyon als Spion unterwegs zu sein, um die anderen zu kontrollieren. Auch gegenüber Fremden ist man übermisstrauisch, weil ja jeder der notarielle Prüfer sein könnte. Das Gemeine an der Sache ist nämlich: Wenn auch nur *eine* Person ihre Aufgabe nicht ordnungsgemäß absolviert, entfällt für *alle* der Erbschaftsanspruch. Entsprechend vergiftet ist die Atmosphäre.«

»Verstehe«, entgegnete Justus. Nun war klar, was mit der Unterstellung gemeint war, er und Peter könnten zum ›Kontroll-Team‹ gehören. »Das erklärt natürlich die schlechte Laune aller Beteiligten.«

Peter schnaubte spöttisch. »Ist ja auch kein Wunder. Es muss die Leute furchtbar nerven, dass sie dauernd irgendeinen Liebes-Quatsch machen müssen.«

Matt nickte. »All das ist Teil von Banyons Strafe für die Bosheiten, die die Nachbarn ihm all die Zeit über entgegengebracht haben.«

In diesem Moment klingelte es an der Tür und Carol ließ Bob hinein.

»Wie kann man etwas *so* lange in einem *so* kleinen Auto suchen?«, fragte Peter ungläubig, als der dritte Detektiv ins Wohnzimmer trat.

»Das verflixte Notizbuch war gar nicht zwischen die Sitze gerutscht, sondern steckte im zugemüllten Fach der Beifahrertür.« Bob machte eine wegwerfende Handbewegung. »Dieser Tag geht echt prima los – nicht mal Zeit fürs Frühstück hatte ich, weil der Wecker nicht geklingelt hat.«

Mr Schrieffer winkte dem Neuankömmling entgegen. »Hallo, du bist also Bob Andrews.«

»Genau«, antwortete der dritte Detektiv. »Entschuldigen Sie bitte die Verspätung.«

Justus lächelte schief. »Im Grunde kannst du gleich wieder

umdrehen – wir haben eigentlich schon alles Wichtige zum Thema Nachbarschaft erfahren.«
In spielerischer Strenge hob Carol Schrieffer den Zeigefinger. »Ich lasse euch ganz bestimmt nicht gehen, ohne dass ihr euch mit meiner selbst gemachten Orangenlimonade gestärkt habt – natürlich eisgekühlt.«
Dankbar machten sich die drei ??? über die nun servierten Getränke her. Währenddessen ließ Bob seinen Blick durch den Raum schweifen. Zwar hatten seine Freunde ihn auf die außergewöhnliche Sammelleidenschaft ihrer Gastgeber vorbereitet, dennoch beeindruckte ihn die geballte Bärenflut. Die Teddys waren buchstäblich überall – sogar auf der Zierleiste einer großen Standuhr im Nebenzimmer saß eine kleine, kronengeschmückte Bärenprinzessin. Amüsiert wandte sich der dritte Detektiv jetzt den Bildern an den Wänden zu. Und erstarrte. Bob musste sämtliche Selbstbeherrschung aufbieten, um kein lautes Keuchen auszustoßen. Auf dem Foto, das ihn völlig in seinen Bann schlug, waren Carol und Matt Schrieffer zu sehen, beide mit strahlendem Lächeln. Und zwischen ihnen, fest von dem Paar umarmt, stand Dr. Grover Gilcrest, der Satelliten-Ingenieur von ›Icotrone‹!
Dem dritten Detektiv wurde schwindelig. Aber nicht allein wegen des Schrecks. Da war noch irgendetwas anderes, das er jedoch nicht benennen konnte und das ihn deshalb umso mehr beunruhigte.
Auch seine Freunde fühlten sich plötzlich sehr unwohl.
»Just, was … ist hier los?«, flüsterte Peter gepresst. »In … meinem Kopf … dreht sich alles.« Tatsächlich begann die Welt um ihn herum mehr und mehr zu verschwimmen. Die vielen

Teddybären, die ihn umgaben, wirkten auf Peter plötzlich gar nicht mehr niedlich und harmlos, sondern wie eine Armee garstiger Kobolde, die aus bösen Knopfaugen auf ihn herabstarrten.

»Mir ... geht es auch nicht gut«, hauchte Justus stockend. »Aber wir ... müssen uns zusammenreißen.«

Und dann geschah es. Laut und dröhnend schlug die Standuhr nebenan zur vollen Stunde. Mit der Melodie von Big Ben und dem letzten schiefen Ton!

# In Feindeshand

Unvermittelt schoss dem Ersten Detektiv das Gesicht des Steine werfenden kleinen Randalierers vom Schrottplatz durch den Kopf. »Der … Schuss war kein Schuss«, raunte er tonlos. »Und die … Türklingel war keine Türklingel.«

Peter starrte ihn aus schreckgeweiteten Augen an. Seine Zunge war inzwischen so schwer geworden, dass er den folgenden Satz nur mit allergrößter Mühe herauspressen konnte: »Wir sind … im Haus … der Verbrecher.«

Wie in Zeitlupe wandte Bob seinen Kopf von der Wand ab. Arme und Beine konnte er schon nicht mehr bewegen. Verschwommen erkannte er, dass Mrs Schrieffer ihn von ihrem Platz auf dem Teddy-Sofa aus hämisch angrinste.

»Du hast unseren Neffen Grover also wiedererkannt. Er hat uns gestern ein Standbild der Überwachungskamera seiner Firma zugemailt, weil ihm dein Auftauchen nicht ganz geheuer war. Und als du dann gerade hier reingeschneit bist, ging uns natürlich ein Licht auf. Da musste ich euch fix meine Spezial-Limonade zubereiten.«

»Ein … Betäubungs…mittel«, murmelte Justus, während sein Oberkörper immer mehr zusammensackte, ohne dass er das Geringste dagegen tun konnte.

Carol Schrieffers widerwärtiges Grinsen verbreiterte sich noch, als sie plötzlich die Geldbörse des Ersten Detektivs wie eine Trophäe in die Höhe hielt. Aber wann und wie hatte man sie ihm abgenommen? War er schon so weggetreten, dass er es gar nicht gemerkt hatte, als er durchsucht worden war?

Neugierig zog die Frau nun eine der Visitenkarten heraus und las mit theatralischem Tonfall vor, was darauf stand.

»Soso, Detektive«, kommentierte sie spöttisch. »Ihr seid uns also irgendwie auf die Schliche gekommen. Aber das kriegen wir schon geregelt.«

Mit einem letzten Aufflackern seines Bewusstseins erkannte Peter plötzlich, dass Matt Schrieffer gar nicht mehr im Raum war. Intuitiv wandte der Zweite Detektiv seine zufallenden Augen in Richtung des Fensters zum Garten. Dort sah er, wie der alte Mann die Tür eines windschiefen schwarzen Schuppens schloss, sich anschließend umdrehte und mit wiegendem Gang langsam wieder auf das Haus zukam. Das wissende Lächeln in seinem faltigen Gesicht hatte etwas zutiefst Beängstigendes und sein Blick war eiskalt. Erst jetzt bemerkte Peter, dass Mr Schrieffer nun eine grüne Schürze und Plastikhandschuhe trug. In seiner Linken hielt er eine große Rolle Draht. Und seine rechte, lässig hin- und herschlenkernde Hand umschloss eine riesige Heckenschere, deren Klingen im grellen Licht der Vormittagssonne blitzten.

Doch der Zweite Detektiv kam nicht mehr dazu, in Panik zu verfallen, denn er stürzte endgültig in abgrundtiefe Finsternis.

Peter war es auch, der als Erster der drei Jungen die Besinnung wiedererlangte, wenn auch nur sehr langsam. Seine Schläfen pochten und sämtliche Gedanken schienen in dicke Watte gepackt zu sein. Er brauchte lange, beunruhigend lange, um seine durcheinandergewirbelten Erinnerungen zu sortieren. Die beiden Schrieffers ... die Limonade ... die große Schere ...
Erschrocken zuckte der Zweite Detektiv zusammen. Erst jetzt bemerkte er, dass er auf hartem Betonboden saß, mit dem Rücken an eine Steinmauer gelehnt. Sein Blick war immer noch umnebelt, aber er glaubte, links und rechts von sich zwei zusammengekauerte Gestalten wahrzunehmen, vermutlich Bob und Justus. Angestrengt versuchte Peter, seine Arme und Beine zu bewegen, aber er schaffte es nicht. Dies lag jedoch nicht an den Nachwirkungen des Betäubungsmittels, sondern an dem mehrfach um seine Hand- und Fußgelenke gewickelten Spanndraht, mit dem er gefesselt war. So heftig er auch zog und zerrte – es war aussichtslos. Der Draht schnitt nur noch schmerzhafter in seine Haut. Nun hörte er links neben sich den Ersten Detektiv leise stöhnen. »Just!«, zischte Peter. »Just, wach auf!«
Das Stöhnen wurde lauter. Mühsam stemmte der Erste Detektiv seinen Oberkörper in die Senkrechte. Bob hingegen blieb stumm. Bei dem Kleinsten und Leichtesten des Trios hielt die Wirkung des Getränks offenbar am längsten an. Vielleicht hatte er aber auch einfach nur am meisten Limo getrunken. Außerdem hatte Bob am Morgen keine Zeit mehr fürs Früh-

stück gehabt. Die Droge wirkte bei ihm nun also auf komplett nüchternen Magen.

»Wo … sind wir?«, keuchte Justus heiser.

Das war eine berechtigte Frage. Für einen Moment schloss Peter erneut die Augen. Als er sie wenige Sekunden später wieder öffnete, war sein Blick deutlich klarer als zuvor. Beunruhigt stellte er fest, dass seine Freunde und er sich in einem kalten kleinen Raum ohne Fenster befanden, offenbar Teil eines Kellers, denn eine steinerne Treppe führte etwa drei Meter in die Höhe zu einer geschlossenen Tür. Eine weitere, gleichfalls geschlossene Tür befand sich rechts von ihnen. Das einzige Möbelstück im Raum war ein am Boden festgeschraubtes, etwa zwei Meter hohes und vollkommen leeres Metallregal. Auf dem obersten Bord stand eine altmodische messingfarbene Tischlampe, deren Kabel auf eine nicht sehr vertrauenerweckend aussehende Weise mit Klebeband repariert worden war. Sie stellte die alleinige, noch dazu sehr schwache Lichtquelle dar. Die Neonröhre an der Decke war ausgeschaltet.

Erst jetzt bemerkte Peter, dass er und seine Freunde zu allem Überfluss auch noch mit einer Art Wäscheleine an das Regal gefesselt waren. Dies begrenzte ihre Bewegungsfreiheit auf einen Radius von vielleicht zwei oder drei Metern.

»Dieses Gangster-Paar hat uns in irgendein Kellerverlies gesteckt«, knurrte Peter. »Ich kann das alles nicht fassen.«

»Auch ich muss ehrlich gestehen, dass mich diese plötzliche Wendung der Ereignisse völlig unerwartet erwischt hat. Und das alles nur wegen dieses vermaledeiten Käufers …«

»Käufers?«, fragte der Zweite Detektiv verwirrt. »Wen meinst du?«

»Na, diesen London-Fan, dem ich vor ein paar Tagen eine Big-Ben-Türklingel verkauft habe. Nur deshalb ging ich die ganze Zeit davon aus, dass die Melodie von einer solchen Klingel stammte, und habe andere Möglichkeiten wie eine Uhr gar nicht in Betracht gezogen.« Der Erste Detektiv murrte verärgert. »Ich war gedanklich einfach blockiert.«
»Mach dir deshalb keine Vorwürfe. So etwas kann sogar einem Justus Jonas mal passieren.« Mit banger Miene schaute Peter zur Tür hinauf. »Viel wichtiger ist, dass wir hier wieder rauskommen. Wer weiß, was diese Verbrecher noch mit uns vorhaben.«
»Sicherlich nichts Gutes.« Justus dachte angestrengt nach. Er spürte deutlich, dass seine grauen Zellen noch längst nicht wieder ihren Normalbetrieb aufgenommen hatten. »Dieser ... Grover, den Mrs Schrieffer erwähnt hat, kann eigentlich nur der Satelliten-Spezialist Dr. Gilcrest sein, der Bob im Institut begegnet ist.«
Peter nickte grimmig. »Und zusammen mit ihrem sauberen Neffen planen die beiden Alten nun, XFLR-7 zu stehlen.«
»Was wir natürlich verhindern müssen.«
Plötzlich stöhnte der Erste Detektiv leise auf. Auch er hatte versucht, die Fesseln zu lockern, wodurch das exakte Gegenteil eingetreten war.
»Vergiss es«, sagte Peter, »das ist stabiler Draht – den kann man unmöglich zerreißen.«
»Zumindest nicht mit reiner Muskelkraft«, gab Justus zu. »Hat man dir auch dicke Fausthandschuhe angezogen und mit zusätzlichem Draht fixiert?«
»Ja«, bestätigte Peter bitter. »Die Schrieffers müssen ein Dip-

lom in Fesseltechnik haben. Jedenfalls ist es so unmöglich, dass wir uns gegenseitig von den Drähten befreien.«

»Dann muss es eben anders gehen.« Justus beugte sich vor, um an Peter vorbeizublicken. »Bob ist noch immer weggetreten, aber zumindest hat er gerade seinen Kopf bewegt. Wenn er wieder wach ist, müssen wir versuchen, gemeinsam eine –«

Weiter kam er nicht, denn nun ertönte das Geräusch eines Schlüssels, der im Schloss der oberen Tür herumgedreht wurde. Sie öffnete sich quietschend. Geblendet mussten Justus und Peter die Augen zusammenkneifen, denn im Vergleich zum schummrigen Halbdunkel des Kellerverschlags war das Rechteck aus Licht, das über ihnen erstrahlte, gleißend hell. Die Silhouette, die im Türrahmen erschien, gehörte zu Matt Schrieffer. Stumm starrte er auf die Gefangenen herab.

»Und jetzt?«, fragte Justus angriffslustig. »Wollen Sie uns als Krönung auch noch Säcke über die Köpfe ziehen?«

»Aber, aber – wofür hältst du uns?«, fragte der Mann in gespielter Empörung.

»Das sage ich lieber nicht«, flüsterte der Erste Detektiv.

»Was soll denn nun aus uns werden?«, wollte Peter wissen.

»Alles, was ihr tun müsst, ist, euch so lange zu gedulden, bis Carol, Grover und ich uns in ein schönes warmes Land ohne Auslieferungsabkommen mit den USA abgesetzt haben«, erklärte Mr Schrieffer in staunenswerter Offenheit.

»Im Handgepäck die Dateien von XFLR-7«, ergänzte Peter zornig.

Der Mann zögerte kurz. »Alle Achtung, ihr scheint von eurem Detektivjob ja tatsächlich was zu verstehen. Umso wichtiger, dass ihr noch eine Weile unsere Keller-Gäste bleibt.«

»Zumindest zwei von euch«, fügte die nun hinzutretende Mrs Schrieffer an. »Eines der drei ??? wird uns nämlich zum Institut begleiten – als Rückversicherung für uns.«
Ihr Mann beugte sich etwas vor. »Wie es aussieht, ist euer Freund Bob derzeit der Pflegeleichteste von euch, perfekt.« Mit diesen Worten kam er die Treppe herunter und löste eine der Wäscheleinen. Anschließend zerrte Mr Schrieffer den noch immer besinnungslosen dritten Detektiv mit überraschender Leichtigkeit vom Boden hoch und schleppte ihn wie eine übergroße Puppe unter wüsten Flüchen von Justus und Peter nach oben. Dann schloss sich die Tür und der Schlüssel wurde wieder herumgedreht.
»So eine Schweinerei!«, fauchte der Zweite Detektiv. »Was machen wir denn jetzt? Wir dürfen doch nicht zulassen, dass diese Verbrecher Bob als Geisel nehmen!«
»Vorerst können wir dagegen nichts ausrichten«, erwiderte Justus ernst und lauschte angestrengt nach oben. Tatsächlich ertönte nun der Motor eines startenden Autos, das sich rasch entfernte. »Aber wir müssen alles dransetzen, um die Vollendung ihres Plans zu vereiteln.«
Peter schnaubte abfällig. »Ach, und wie stellst du dir das bitte schön vor? Man hat uns all unser Zeug abgenommen, einschließlich Handys und Dietrichset. Außerdem sind wir verschnürt wie Postpakete und stecken in einem Kellerloch!«
»Dann müssen die Postpakete sich eben *ent*schnüren«, erwiderte der Erste Detektiv trocken. Schwankend richtete er sich auf und humpelte zur seitlichen Tür. Dies ließ die Leine gerade so eben noch zu. Anschließend stellte er sich mit dem Rücken zur Klinke und rüttelte mit seinen behandschuhten Händen

daran. Vergebens. Enttäuscht wandte er sich wieder ab. »Das war leider zu erwarten, aber versuchen musste ich es. Schließlich könnte sich nebenan nützliches Werkzeug zu unserer Befreiung befinden.« Nun schlurfte er mit winzigen Schritten auf das große Regal zu, drehte sich wieder um und begann es zu betasten.

»Was wird denn das, wenn es fertig wird?«, fragte Peter übellaunig. »Willst du versuchen, mit deiner Gedankenkraft die Lampe zu dir herunterschweben zu lassen, um den Draht mit der Glühbirne zu schmelzen?«

»Mitnichten«, gab Justus ungehalten zurück. »Ich suche nach einer scharfkantigen Stelle, um die Handschuhe aufzutrennen. Anschließend kann ich dich von deinen Handschuhen befreien und wir könnten Rücken an Rücken die Drähte lösen.«

Hoffnungsvoll riss Peter die Augen auf. »Und?«

Die Miene des Ersten Detektivs verfinsterte sich unvermittelt. »Nichts zu machen – die Streben sind rund, ohne Ecken und Kanten.«

»Verdammt!« Ebenso schnell, wie sich die Hoffnungsflamme entzündet hatte, war sie auch schon wieder erloschen.

»Wir dürfen nicht aufgeben«, mahnte Justus. »Sieh dich um – irgendwo hier drin muss es noch einen anderen Ansatzpunkt geben ...«

Angestrengt wanderte Peter mit seinen Augen den winzigen Raum ab. Unvermittelt stutzte er und wies mit dem Kopf zur gegenüberliegenden Wand. »Da! Dieses rostige Rohr! Trotz der Leine müsste ich es bis dahin schaffen. Wenn ich mich dann auf die Zehenspitzen stelle, komme ich an die eckige

Metallhalterung heran. Vielleicht kann ich die Handschuhe damit aufreißen!«

»Na, dann los, Kollege!«

Sofort wankte Peter zu dem Rohr hinüber. Dann drehte er sich um und begann, an der Halterung herumzuhantieren. »Mist, die Ecken sind nicht spitz genug ...«

»Fester!«, forderte der Erste Detektiv energisch. »Du musst fester rütteln!«

»Danke für den wertvollen Tipp, Einstein – da wäre ich selber nie drauf gekommen!« Mit zusammengebissenen Zähnen rieb Peter seine gefesselten Hände noch kraftvoller an der Halterung auf und ab. Allerdings nur für wenige Sekunden. Denn mit einem hässlichen Knirschen gab das altersschwache Rohr plötzlich nach und barst. Weiß schäumend schoss eine eiskalte Wasserfontäne in den Raum!

Schockiert taumelte Peter zurück und fiel hin.

Auch Justus verlor die Fassung und keuchte kreidebleich: »Oh mein Gott ...«

Beiden Jungen war sofort mit schrecklicher Gewissheit klar, dass der Rohrbruch eine Katastrophe darstellte. In dem kleinen Kellerraum würde das hineinschießende Wasser schnell ansteigen. Und selbst wenn Justus und Peter nicht aufgrund ihrer Fesseln elendig ertranken, wäre ihr Ende dennoch besiegelt. Denn sobald der Pegel die marode Lampe oben auf dem Regal erreicht hatte, würde dies unweigerlich einen tödlichen Stromschlag auslösen!

# Bob will Ärger

Währenddessen hockte, durch den Gurt aufrecht gehalten, der immer noch benebelte dritte Detektiv auf dem Beifahrersitz eines silbergrauen Dodge-Kombiwagens, den Carol Schrieffer lenkte. Direkt hinter ihm saß ihr Ehemann. Da das Risiko, mit einem gefesselten Jugendlichen im Auto ungewolltes Aufsehen zu erregen, deutlich zu groß war, hatten sie Bob von den Drähten befreit. Noch sorgten die Nachwirkungen des Betäubungsmittels zwar dafür, dass der Junge keine Schwierigkeiten machen konnte, aber falls sich das ändern sollte, würde Matt Schrieffer sofort eingreifen.

Als sie etwa die Hälfte der Strecke zum Institut zurückgelegt hatten – die Verkehrslage war an diesem Sonntagvormittag vergleichsweise ruhig –, kehrten die Lebensgeister allmählich in den dritten Detektiv zurück. Seine erste Empfindung war: grenzenlose Verwirrung. »Wo ... bin ...?« Seine Zunge lag schwer wie Blei in seinem Mund.

»In unserer schönen Familienkutsche«, gab Mrs Schrieffer fröhlich zurück. »Du, mein Mann und ich machen einen kleinen Sonntagsausflug.«

Vor Bobs Augen wand sich die Straße in Schlangenlinien. Irritiert bemerkte er, dass eine Stoffdecke über seinen Beinen lag. »Aber ... was ... ist mit ...«

»Deinen beiden Freunden?«, ergänzte Mr Schrieffer munter. »Keine Sorge, denen geht's prima.«

Seine Ehefrau nickte. »Und wenn du hübsch brav bist, wirst du schon bald wieder mit ihnen vereint sein.«

Auf diese Zusage wollte sich Bob lieber nicht verlassen. Irgendwie musste er aktiv werden. In seinem jetzigen Zustand konnte er aber seinen Gliedmaßen noch nicht trauen. Bei einem Halt an einer roten Ampel einfach aus dem Auto zu springen und wegzulaufen, würde also nicht funktionieren. Mal ganz abgesehen davon, dass zuvor noch der Gurt zu lösen war. Nein, er würde eine andere Methode finden müssen, dieser Zwangslage zu entkommen. Während Bob vor sich hingrübelte – was angesichts der Verschwommenheit in seinem Schädel alles andere als einfach war –, nahm er rechts von sich plötzlich eine Bewegung wahr. Unauffällig schielte der dritte Detektiv zur Seite, ohne seinen Kopf zu bewegen. Vor Aufregung blieb ihm kurz der Atem weg. Auf dem mehrspurigen San Diego Freeway fuhr ein Polizist der California Highway Patrol mit seinem schweren Motorrad direkt neben ihnen!
Die Schrieffers schienen die neue Situation noch nicht bemerkt zu haben. Fieberhaft dachte Bob nach. Wie konnte er den Mann auf sich aufmerksam machen, ohne dass seine Geiselnehmer es sofort registrierten und unterbanden? Es musste unkompliziert und vor allem schnell gehen, denn der Motorradfahrer konnte jederzeit Gas geben und aus seinem Blickfeld verschwinden. Schweißperlen rannen die Stirn des dritten Detektivs herab, und das lag nicht allein an der Sommerhitze. Ein Plan nach dem anderen purzelte durch sein Gehirn und wurde mangels Durchführbarkeit sofort wieder verworfen. Doch dann machte es in seinem Kopf plötzlich ›klick‹.

Binnen Sekunden war der gesamte Boden des kleinen Kellerraums von Wasser bedeckt gewesen. Dann hatte es zunächst die Schuhe und anschließend die Knie der Jungen erreicht. Inzwischen stand es ihnen fast bis zur Hüfte. Durch die eisige Kälte waren auch die letzten Benommenheitsgefühle schlagartig weggespült worden. Alle Versuche, die Fontäne irgendwie aufzuhalten oder zumindest abzuschwächen, waren gescheitert. Der Druck war einfach zu stark. Und wegen der Wäscheleinen war es ihnen unmöglich, die Treppe hinaufzuklettern, um sich kostbare Zeit zu verschaffen. Also mussten die Jungen unten im Wasser bleiben.

In den vergangenen Minuten hatten sie sich deshalb darauf beschränkt, so laut wie möglich um Hilfe zu schreien, doch ohne jeden Erfolg. Niemand hörte sie.

»Es bringt nichts«, stellte der Erste Detektiv frustriert fest. »Außerdem verbrauchen wir mit dem Gebrüll zu viel Sauerstoff, den wir noch dringend brauchen werden.«

»Tolle Erkenntnis – zum Überleben brauchen wir Sauerstoff!«, fauchte Peter. »Blöderweise verringert sich der Sauerstoff hier auch ohne unser Geschrei von Sekunde zu Sekunde, weil dieser Raum sich allmählich in einen Wassertank verwandelt! Oder sollte ich besser sagen: in eine Wasser*gruft*!?«

»Du darfst jetzt nicht den Kopf verlieren«, erwiderte Justus mit möglichst ruhiger Stimme. »In Panik schaffen wir es hier bestimmt nicht raus.«

Mit aufgerissenen Augen starrte der Zweite Detektiv seinen Freund an. »Ach, und wann ist es gestattet, panisch zu werden? Wenn die Funzel da oben baden geht und den verdammten Keller-Pool hier unter Strom setzt?«

»So weit dürfen wir es nicht kommen lassen.« Mit sorgenvoller Miene blickte Justus zu der Lampe hinauf. »Leider befindet sich die Steckdose außer Reichweite ganz oben neben der Tür. Da kommen wir unmöglich heran.«

»Und für eine Kletterpartie am Regal hoch sind wir einen Tick zu stark verdrahtet«, ergänzte Peter grimmig.

Nachdenklich schaute sich Justus um. »Wenn ich die Fließgeschwindigkeit in Bezug auf das Raumvolumen richtig einschätze, müssten uns noch etwa dreißig Minuten bleiben, bis die Situation kritisch wird.«

»Du meinst den großen Knall.«

Der Erste Detektiv sparte sich eine Antwort.

Mit geschlossenen Augen atmete Peter mehrmals tief durch, um sich etwas zu beruhigen, was aber nur leidlich klappte. Dann wandte er sich wieder an seinen Freund. »Wir sind uns sicher einig, dass wir ganz, ganz dringend einen genialen Geistesblitz brauchen. Und dafür bist bekanntlich du zuständig, also wäre ich dir wahnsinnig dankbar, wenn du jetzt losdenken würdest.«

»Reizend, dass du den ohnehin vorhandenen Druck nicht noch zusätzlich erhöhst«, gab Justus zurück, jedoch ohne echte Verärgerung. Er wusste ja, wie Peter es meinte. Mit zusammengepressten Lippen lehnte er sich gegen die Betonwand. Peter tat es ihm an der gegenüberliegenden Wand gleich.

»Alles steht und fällt mit den Fesseln ...«, murmelte der Erste Detektiv. »Wir müssen es irgendwie schaffen, diesen verdammten Draht loszuwer–«

Justus schaffte es nicht mehr, den Satz zu vollenden, denn in diesem Augenblick setzte eine Veränderung ein, die die ohnehin höchst bedrohliche Lage nochmals gravierend verschärfte.

Bob konnte sein Glück kaum fassen. Seine unauffällige, durch den eigenen Körper verdeckte Aktion war tatsächlich erfolgreich gewesen! Der Highway-Polizist war auf ihn aufmerksam geworden und hatte daraufhin Mrs Schrieffer mit einer unmissverständlichen Geste zu verstehen gegeben, dass sie rechts ranfahren sollte. Mit versteinertem Gesicht befolgte sie die Anweisung.

»Was ist denn *jetzt* los?«, zischte sie angespannt. »Ich habe doch nichts falsch gemacht!«

»Verlier bloß nicht die Nerven«, mahnte ihr Mann. »Wahrscheinlich ist es nur eine Routinekontrolle.« Mit einem kraftvollen Ruck zog er von hinten an Bobs Gurt, sodass der dritte Detektiv einen schmerzhaften Druck auf seinem Oberkörper spürte. »Und du benimmst dich gefälligst oder ich garantiere für nichts!«

Der Dodge kam zum Stillstand. Direkt dahinter hielt der Polizist und stieg von seinem Motorrad. Der wuchtige Mann trug die für seine Einheit traditionelle staubgraue Uniform mit siebenzackigem Stern-Abzeichen auf der Brust und blau-goldenen Streifen auf der Hose. Auch der offene Motorradhelm mit dem charakteristischen geflügelten Reifen-Symbol trug die Farben Blau und Gold. Eine silbern verspiegelte Sonnenbrille machte einen Blick auf seine Augen unmöglich. Die Gesichtszüge des Polizisten wirkten wie eingefroren, als er langsam zum Wagen schritt und schließlich vor der Beifahrertür stehen blieb. Dann beugte er sich vor. Energisch klopfte er gegen das Seitenfenster, deutete auf Bob und machte eine auffordernde Handbewegung.

»Aussteigen!«

Rasch griff Mrs Schrieffer über den Schoß des dritten Detektivs hinweg und kurbelte die Scheibe herunter. »Das ist leider nicht möglich, Officer.«

Der Mann verharrte kurz und nahm dann ruckhaft die Sonnenbrille ab. Seine Augen funkelten. »Wollen Sie sich einer polizeilichen Anweisung widersetzen, Madam? Ich fordere Ihren Beifahrer hiermit dazu auf, das Fahrzeug zu verlassen. Er hat mir gerade eben den Mittelfinger gezeigt!«

Bis jetzt lief für Bob alles plangemäß. Das Letzte, was man sich gegenüber einem Polizisten erlauben sollte, war respektloses Verhalten. Da verstanden diese Leute absolut keinen Spaß. Darauf hatte der dritte Detektiv mit seiner Aktion gebaut. Er hoffte, dass der Motorrad-Cop ihn wegen Beamtenbeleidigung festnehmen und anschließend Kollegen mit einem Dienstwagen alarmieren würde. Danach würde man ihn zum nächstgelegenen Polizeirevier bringen. Fort vom Kidnapper-Paar. In Sicherheit. Dort würde er dann alles aufklären und den Diebstahl von XFLR-7 verhindern.

Um den Vorgang zu beschleunigen, rief Bob nun so laut wie möglich: »Blödes … Furz…gesicht!« Leider schaffte er in seinem Zustand nicht mehr als ein Lallen.

Entrüstet umschloss der Officer den Griff seines Schlagstocks. »Dieser minderjährige Flegel ist ja volltrunken!«

Nun schaltete sich Matt Schrieffer ein. »Sir, das Ganze ist ein bedauernswertes Missverständnis. Unser Enkel Darren ist nicht ganz bei Sinnen.« Der Alte deutete auf Bobs Beine unter der Decke. »Er hatte gerade eine Knie-Operation, deshalb kann er nicht aufstehen und rauskommen. Und wegen der Nachwirkungen der Narkose ist er nicht ganz klar im Kopf.«

Bob wollte laut »Schwachsinn!« rufen, aber er brachte nur ein unverständliches Schnaufen heraus.
Der Polizist zögerte und ließ von seinem Schlagstock ab. »Eine OP? Am Sonntag?«
Carol Schrieffer nickte eifrig. »Ja, ein Notfall-Eingriff im UCLA Medical Center. Darren hatte heute früh einen Fahrradunfall. Zum Glück verlief die Operation völlig problemlos, sodass er direkt wieder nach Hause kann.«
Bob konnte es nicht fassen. Die Schrieffers schienen sich vor der Abfahrt für den Fall der Fälle eine Strategie zurechtgelegt zu haben. Und leider schien sie bestens zu funktionieren. Mit aller Kraft unternahm der dritte Detektiv einen letzten, kaum verständlichen Beleidigungsversuch. »Highway-Bulle ... doof wie Stulle!«
Gereizt verengte der Polizist die Augen, fixierte den Jungen für einen Moment und wandte sich dann wieder an die Frau. »Dass Ihr Enkel nicht ganz auf der Höhe ist, erklärt doch aber nicht sein zutiefst respektloses Verhalten gegenüber einem Polizeibeamten!«
Erneut sprang Matt Schrieffer ein. »Das ist natürlich nicht gegen Sie persönlich gerichtet, Sir. Darren hat kürzlich einen Horrorfilm gesehen, in dem ein Zombie-Cop sein blutiges Unwesen treibt.«
»Nach dem Kinobesuch hatte er nächtelang Albträume«, ergänzte seine Ehefrau rasch. »Deshalb jetzt seine Abwehrreaktion – er ist ja quasi noch im Halbschlaf.«
Wild entschlossen wollte Bob sich aufbäumen, doch seine Beine hatten keine Kraft und von hinten legten sich die Hände von Mr Schrieffer wie Stahlklammern um seine Schultern.

»Ich versichere Ihnen, Officer: Wir alle in der Familie sind große Fans der Highway Patrol und wir wissen Ihren aufopferungsvollen Job sehr zu schätzen.« Der Alte lächelte den Polizisten breit an. »Sofern es Ihnen recht ist, würden wir jetzt aber gern nach Hause fahren und den kleinen Racker ins Bett bringen. Sie sehen ja, dass er dringend Ruhe braucht.«

»Das klingt vernünftig.« Dank der gezielten Schmeichelei schien der Polizist endgültig von der Lügengeschichte überzeugt zu sein. Mit entspannten Gesichtszügen tippte er sich an den Motorradhelm. »Dann wünsche ich eine gute Weiterfahrt.«

»Vielen lieben Dank, Officer!«, entgegnete Carol Schrieffer mit strahlendem Lächeln.

Der Highway-Polizist beugte sich erneut zur Beifahrertür vor und klopfte dem dritten Detektiv aufmunternd auf die Schulter. »Und dir, junger Mann, wünsche ich gute Besserung.«

In letzter Verzweiflung wollte Bob versuchen, auf seine tatsächliche Situation aufmerksam zu machen. Das Ergebnis war ein rasselndes »Ent...führung!«.

# Tödliche Flut

Entsetzt starrten Justus und Peter auf das geborstene Rohr, dessen Bruchstelle sich gerade mit einem grässlichen metallischen Kreischen auf mehr als den doppelten Durchmesser vergrößert hatte. Mit ungleich heftigerer Wucht schoss die weiße Wasserfontäne nun in das Verlies der Jungen hinein.

»Das war's …«, raunte der Zweite Detektiv mit kreidebleichem Gesicht. Sein Blick ging ins Leere. »Jetzt … ist es … aus.«

»Aus ist es erst, wenn wir aufgeben!«, rief Justus. »Keine Sekunde vorher!«

Doch Peter schien ihn gar nicht mehr zu hören. Er stand einfach nur da und murmelte vor sich hin. »Verrecken … Wir werden hier drin wie die Ratten verrecken … Und das Letzte, was ich heute früh zu meiner Mum gesagt habe, war: ›Im Bad ist das Klopapier alle.‹« Nach mehreren Sekunden Pause wandte sich Peter mit bebenden Lippen dem verstummten Ersten Detektiv zu. »Im … Großen und Ganzen war ich wirklich ein guter Sohn … Aber das Letzte, was meine Mutter von mir in Erinnerung behalten wird, ist verdammtes fehlendes Klopapier!«

Jetzt fand Justus seine Sprache wieder. Mühsam bewegte er sich durch das immer höher steigende Wasser auf seinen Freund zu. Dann blickte er ihm tief in die Augen. »Peter Dunstan Shaw, du *warst* nicht ein guter Sohn, sondern du *bist* es. Und nachdem wir während unserer langen Detektivlaufbahn schon die schlimmsten Gangster, Geister, Monster und Dämonen bezwungen habe, werden wir beide jetzt ganz bestimmt nicht im Keller eines durchgeknallten Rentnerpaars ersaufen!«

Peter blinzelte mehrmals und schluckte, erwiderte jedoch nichts.

Justus rückte noch ein Stück näher, sodass sich die Nasenspitzen der Jungen beinahe berührten. Trotz des tosenden Chaos rundherum klang die Stimme des Ersten Detektivs fest und unerschüttert. »Ich habe meine Eltern verloren. Und ich werde es nicht zulassen, dass *deine* Eltern nun dich verlieren. Hörst du? Ich werde es *nicht* zulassen!«

Plötzlich wurde der Blick des Zweiten Detektivs wieder klar. »Das … ist ja schön gesagt, aber wieso glaubst du, dass wir es hier rausschaffen?«

»Statistik«, gab Justus knapp zurück. »Bisher haben wir uns noch aus jeder Gefahrensituation befreit. Warum sollte es ausgerechnet diesmal anders sein?«

»Entwaffnende Logik.« Mühsam versuchte Peter, seine Fassung wiederzuerlangen. »Trotzdem weiß ich nicht, wie wir das verfluchte Rohr –«

»Das Rohr!«, rief Justus völlig außer sich. »Peter – das ist die Lösung!«

Der Zweite Detektiv machte ein Gesicht, als hätte sein Freund gerade verkündet, er wolle in Kürze ein Spaßbad eröffnen. »Äh … das Rohr, dem wir diese furchtbare Überflutung zu verdanken haben, soll nun allen Ernstes die *Lösung* sein?«

»Es geht nicht um die Flut, sondern um den Bruch!« Justus' Stimme überschlug sich fast. »Die Halterung war nicht spitzkantig genug, aber jetzt haben wir ein geborstenes Rohr mit mehreren scharfen Metallrändern! Und unsere Handschuhe

sind durch das Wasser inzwischen komplett aufgeweicht – die müsste man jetzt spielend leicht aufreißen können!«
Nun verstand Peter. Augenblicklich schoss das Adrenalin in ihm hoch. »Ich versuch's! Anschließend reiße ich dir die Handschuhe runter und wir lösen gegenseitig die Drähte!«
Gesagt, getan. Einige Minuten später – das Wasser stand ihnen inzwischen bis zur Brust – waren die beiden Detektive von den Drähten befreit. Am schwierigsten waren die Fußfesseln gewesen, da die Jungen notgedrungen immer wieder hatten untertauchen müssen.
»So, frei sind wir, und jetzt?«, fragte der Zweite Detektiv aufgeregt.
Justus deutete nach oben. »Wir müssen zur Tür rauf, das Deckenlicht einschalten und dann den Lampenstecker rausziehen – los!«
»Aye, aye, Chef!«
So schnell es ihm in dem Wasser möglich war, kämpfte sich der Zweite Detektiv zur Treppe vor und die Stufen hinauf. Dann betätigte er den Schalter neben der Tür. Kaltweißes Neonlicht flammte auf. Anschließend griff er nach dem Stecker der Lampe und zog ihn aus der Wand.
Inzwischen war auch Justus auf der obersten Treppenstufe angekommen.
Argwöhnisch verharrte Peter. »Und was ist mit der Steckdose? Ist die nicht auch gefährlich?«
»Ich persönlich will auf jeden Fall nicht herausfinden, was passiert, wenn das Wasser da oben ankommt«, erwiderte Justus grimmig und rüttelte an der massiven Tür. Ohne Erfolg. »Verschlossen und massives Holz.« Rasch beugte er sich vor

und lugte durchs Schlüsselloch. »Und der Schlüssel steckt auch nicht.«
Entschlossen ballte Peter die Fäuste. »Jetzt haben wir es so weit gebracht, da werden wir doch wohl auch *dafür* eine Lösung finden!«
»Das werden wir – aber zunächst erkaufen wir uns Zeit!« Justus stieg wieder hinunter, kämpfte sich zur seitlichen Tür vor und untersuchte sie, so gut es ging. »Durch das Wasser hat sich das Holz bereits etwas verzogen und die innen liegenden Türangeln wirken ziemlich marode.« Hastig wies er auf das große Regal. »Los, komm runter – wir müssen das Ding hier zerlegen!«
Entgeistert blickte Peter ihn an. »Was?«
Ungeduldig gestikulierte der Erste Detektiv in der Luft herum. »Wir wenden schlicht und einfach ein Grundprinzip der Physik an: Hebelkraft! Die obere Tür ist zu stabil, aber bei dieser hier müsste es uns mit vereinten Kräften gelingen, die altersschwachen Scharniere mit einer der Stahlstreben des Regals zu lösen! Im Nebenraum finden wir dann hoffentlich irgendein Hilfsmittel, um die verdammte Kellertür zu knacken. Außerdem verteilt sich das Wasser dann auf *zwei* Räume und sinkt erst mal.«
»Mann! Genial, Justus!«
Mit Feuereifer machten sich die Jungen ans Werk. Gemeinsam schafften sie es, eine der Streben aus dem Regal herauszubrechen. So bewaffnet hastete Peter durch das inzwischen schulterhohe Wasser zur Tür und setzte in Kopfhöhe das improvisierte Stemmeisen an.
»So, jetzt kommt's drauf an«, murmelte der Zweite Detektiv

in allerhöchster Anspannung. »Entweder diese elende Tür oder wir …«

Angesichts des Alarmworts ›Entführung‹ stutzte der Polizist kurz und für einen hoffnungsvollen Augenblick glaubte Bob, dass der Beamte den Ernst der Lage nun erkannt hatte und ihn aus den Fängen der Verbrecher befreien würde. Doch dann hellte sich das Gesicht des Mannes auf, so als sei ihm plötzlich etwas klar geworden. Dann setzte er spielerisch eine finstere Miene auf und erwiderte mit tiefer Grabesstimme: »Keine Angst, Kleiner – diesmal lässt der Zombie-Cop dich noch mal laufen.«

*Das will ich doch gar nicht*, schoss es Bob durch den Kopf. *Sie sollen mich nicht laufen lassen, sondern mitnehmen!* Doch das, was seinem Mund entwich, war einfach zu unverständlich.

Mit belustigtem Lächeln drehte sich der Uniformierte nun um, ging zu seinem Motorrad zurück und fuhr unter den entsetzten Blicken des dritten Detektivs davon.

»Netter Versuch, Kleiner, aber mach das ja nicht noch einmal«, hörte Bob jetzt hinter sich Mr Schrieffers schneidend scharfe Stimme. Die knochigen Hände des Alten wanderten von Bobs Schultern zu seinem Hals. »Sonst nimmt das Ganze für dich *kein* gutes Ende.«

Kopfschüttelnd setzte seine Ehefrau die Fahrt fort. »Nichts als Ärger …«

Die nächste Viertelstunde der Fahrt verlief schweigend. Schließlich warf Carol Schrieffer dem dritten Detektiv einen Seitenblick zu. »Wie seid ihr überhaupt auf uns gekommen?«

Bob, der sich endlich besser fühlte, sah keine Veranlassung, die

Wahrheit zu verschweigen. »Huxley hat bei Ihnen den Begriff XFLR-7 aufgeschnappt.«

»Ich fasse es nicht«, knurrte Matt augenrollend. »Wegen eines beknackten Papageis müssen wir jetzt all unsere Pläne umschmeißen.«

»Und ... wie sahen Ihre Pläne aus?«, fragte der dritte Detektiv zaghaft.

Nach kurzem Zögern zuckte Mrs Schrieffer mit den Schultern. »Da ihr eh schon das meiste wisst, kann uns der Rest jetzt auch egal sein. Wir werden uns ohnehin ins Ausland absetzen und dort könnt ihr uns ja nicht mehr schaden.«

Ihr Mann gab ein genervtes Seufzen von sich. »Ohne euch Mistbengel wäre alles ganz locker und elegant über die Bühne gegangen. Von Grover haben wir manipulierte Scankarten erhalten, mit denen wir ins Institut und an den Safe mit den Unterlagen zu XFLR-7 kommen.« Er raschelte mit irgendetwas. »Dank breitkrempiger Hüte und Schals vor den Gesichtern kommen wir unerkannt rein und wieder raus, ganz einfach. Auf Mitarbeiter werden wir nicht stoßen, weil sonntags kein Betrieb ist.«

»Und ... was ist mit dem Wachdienst?«, wollte der dritte Detektiv wissen. »Der arbeitet doch sicher auch an freien Tagen.«

»Tut er«, bestätigte Carol Schrieffer. »Aber statt zwei Wachleuten ist am Sonntag nur einer vor Ort. Und heute ein noch ziemlich unerfahrener Mann, den Grover von langer Hand schon vor Wochen für diesen Tag eingeteilt hat. Der Typ wird in Kürze einen Anruf mit einer Spezialanweisung bekommen. Daraufhin wird er sich für eine Weile ganz hinten im obersten

Stockwerk aufhalten und von unserem kleinen Besuch gar nichts mitbekommen.«

»Nach dem Diebstahl sollten alle Indizien, einschließlich der benutzten Scankarten, auf einen Mitarbeiter unseres Neffen als Drahtzieher hindeuten«, fuhr ihr Mann fort. »Genauer gesagt einen Programmierer, dessen Stimme Grover auch gleich bei dem Telefonat mit dem Wachmann imitieren wird.«

»Ein unschuldiger Sündenbock also«, murmelte Bob.

Mr Schrieffer schnaufte erbost. »Das hat sich durch euer Reinpfuschen ja nun erledigt! Ebenso wie Grovers Angel-Ausflug mit Kollegen, den er zwecks Alibi organisiert hat, damit diverse Leute glaubhaft bezeugen könnten, dass er zur Tatzeit weit weg war. *Alles* umsonst, weil ihr drei Kröten bei der Polizei zweifellos die Wahrheit ausplaudern werdet.«

Bob schnaufte verächtlich. »Sie werden verstehen, dass sich mein Mitgefühl bei einer gemeingefährlichen Giftmischer- und Fessel-Bande wie Ihnen in Grenzen hält.«

»Von wegen Gift«, entgegnete Mrs Schrieffer scharf. »Ich bin gelernte Pharmazeutin – für euch bestand zu keiner Sekunde Gefahr.«

»Soso.« Bob hielt einen Moment inne, dann fragte er: »Und wie sollte es ursprünglich nach dem Diebstahl weitergehen?«

»Eigentlich hatten wir vor, ganz entspannt nach Hause zu fahren und dort unser Leben weiterzuführen«, erwiderte Mrs Schrieffer. »Bescheiden und gemütlich.«

Der dritte Detektiv stutzte. »Aber ... warum dann dieses aufwendige und riskante Vorhaben, wenn Sie gar keine Änderungen planen?«

»Um *uns* geht es doch gar nicht, sondern um Grover«, erklärte Matt. »Unser Neffe hat es geschafft, beim Glücksspiel ein Vermögen zu verlieren. Deshalb hat er sich das alles ausgedacht.«

Seine Ehefrau nickte. »Nach der erfolgreichen Erpressung hätten Matt und ich uns vielleicht ein paar Annehmlichkeiten gegönnt, aber wir wären auf jeden Fall in unserer Heimat geblieben.«

»Stattdessen müssen wir euretwegen von jetzt auf gleich das Land verlassen«, fügte Mr Schrieffer genervt an.

Überrascht horchte Bob auf. »Erpressung?«

»Klar«, erwiderte die Frau, so als wäre es das Natürlichste auf der Welt. »Grover wird ›Icotrone‹ vor die Wahl stellen: Entweder die Firma zahlt oder XFLR-7 geht an die Konkurrenz.« Sie setzte erneut ihr hinterhältiges Grinsen auf. »Und weil die Geschäftsleitung unmöglich riskieren kann, das größte und wichtigste Projekt ihrer Firmengeschichte zu verlieren, wird sie *auf jeden Fall* zahlen.«

Plötzlich ging alles sehr schnell. Bereits nach dem ersten heftigen Ruck mit der Stahlstrebe splitterte das Scharnier aus dem Holz. Den Rest erledigte der immense Wasserdruck, der die Tür vollends aus den Angeln brach. Mit einem grollenden Gurgeln entlud sich ein Großteil der eisigen Wogen in den lang gestreckten Nebenraum, wo ein ohrenbetäubendes Krachen und Scheppern ertönte. Während Peter es gerade noch schaffte, sich am Türrahmen festzuhalten, wurde Justus vom starken Sog umgerissen, rappelte sich aber sofort wieder auf. Nach kurzem Innehalten stapften die Jungen durch das jetzt nur noch kniehohe Wasser in den Nebenraum hinein. Das

Licht der Neonröhre in ihrem Verlies war hell genug, um auch hier halbwegs gut sehen zu können.

»Volltreffer!«, entfuhr es Justus. »Offensichtlich haben wir den Bastelkeller der Schrieffers entdeckt.«

»Mit einem Riesenhaufen Werkzeug«, ergänzte Peter hoffnungsvoll.

»Also dann – ran ans eröffnete Buffet!«

Mit fahrigen Blicken durchsuchten die Jungen nun die zwei großen Werkbänke und die Wandregale, an denen diverse Arbeitsgeräte aufgereiht waren.

Der leidenschaftliche und überaus versierte Bastler Justus war voll in seinem Element. In Gedanken setzte sich bereits Stück für Stück ein schlagkräftiges Befreiungs-Instrument zusammen. Murmelnd strich er über die Werkzeuge. »Zwei dieser Schnellspannzwingen, dazu der Innensechskantschlüssel und der Propanlötkolben ...«

Plötzlich tippte ihm Peter auf die Schulter. »Lass dich nicht stören, Erster, aber kannst du mal kurz deinen Kopf einziehen? Ich möchte gern die riesige Axt da von der Wand nehmen.«

Völlig perplex trat Justus einen Schritt zur Seite und ließ seinen Freund gewähren.

»Vielen Dank, Herr Ingenieur.« Mit diesen Worten hob der Zweite Detektiv lässig die Axt aus der Halterung und stapfte zurück, zögerlich gefolgt von Justus.

Wenige kraftvolle Hiebe später hatte Peter das Schloss herausgebrochen und die Kellertür aufgetreten. Blass und schnaufend, aber nun breit lächelnd wandte er sich dem immer noch schweigenden Ersten Detektiv zu und machte eine auffordernde Geste. »Darf ich bitten?«

# XFLR-7

Bob verzog das Gesicht. »Klingt ja wirklich nach einem raffinierten Plan.«

»Das ist er«, stimmte Mrs Schrieffer zu. »Raffiniert und absolut narrensicher.«

Ihr Ehemann murrte leise. »Nur können wir unseren Lebensabend wegen eurer Einmischung nun nicht mehr in Kalifornien verbringen, sondern müssen das irgendwo auf der Südhalbkugel tun.«

»Wirklich eine Zumutung«, murmelte der dritte Detektiv leise. Dann spürte er plötzlich an seiner Wade eine unerwartete Berührung. Er ließ sich aber nichts anmerken, sondern versuchte einfach nur, so still zu sitzen wie möglich.

Wenig später parkte Carol Schrieffer in ausreichender Entfernung zum Institut, sodass keine der Kameras den Dodge erfassen konnte. Dann wandte sie sich an Bob. »Und? Sind deine Beine wieder okay?«

Der dritte Detektiv betastete seine Knie. »Halbwegs. Wieso fragen Sie?«

»Na, weil du mit uns kommst«, erwiderte Mr Schrieffer knapp. »Beim Safe müssen zwei Scankarten synchron an verschiedenen Positionen verwendet werden – Carol und ich müssen also beide rein.«

»Und du deshalb logischerweise auch«, ergänzte seine Ehefrau. »Oder dachtest du etwa, wir lassen dich hier allein? Ein pfiffiges Kerlchen wie du schließt am Ende noch den Wagen kurz und haut ab. Nee, nee – kommt gar nicht in die Tüte.«

Energisch pochte Matt Schrieffer gegen Bobs Kopfstütze. »Also los, raus!«
»Ist ja gut«, beschwichtigte der dritte Detektiv. »Darf ich mir wenigstens noch die Schnürsenkel zubinden?« Ohne eine Antwort abzuwarten, beugte er sich vor. Während die Schrieffers ausstiegen, hantierte Bob im Fußraum vor seinem Sitz herum und fasste sich anschließend mit leidender Miene an den Bauch.
Argwöhnisch betrachtete ihn die Frau. »Was ist los?«
»Magenkrämpfe …«, gab der dritte Detektiv ächzend zurück. »Wahrscheinlich wegen Ihres famosen Zaubertranks.«
»So schlimm wird's schon nicht sein«, wiegelte der Alte ab. »Und jetzt Abmarsch, wir haben nicht den ganzen Tag Zeit!«
Notgedrungen öffnete Bob die Beifahrertür und stieg aus. Leicht gebeugt, den rechten Arm immer noch um den Bauch gelegt, folgte er der energisch voranschreitenden Carol Schrieffer, während ihr Ehemann hinter dem dritten Detektiv ging. Beide trugen bereits ihre Schals und Cowboyhüte. Mr Schrieffer hielt darüber hinaus eine leere helle Stofftasche in der linken Hand.
Schon von Weitem konnte man erkennen, dass das Wächterhäuschen unbesetzt war. Das Ablenkungsmanöver mit dem Telefonat hatte also tatsächlich geklappt. Am Eingang angekommen zog Carol Schrieffer mit gekonnter, offensichtlich zuvor von ihrem Neffen erklärter Handbewegung eine dunkelblaue Plastikkarte an einem quadratischen Scanfeld vorbei. Daraufhin schwang eine erste von zwei Schiebetüren auf und die drei traten in einen kleinen Vorflur, wo die Frau das Prozedere an einem zweiten Scanfeld wiederholte. Anschließend

durchquerten sie, immer noch im Gänsemarsch, das schmucklose Foyer, das Bob ja bereits von seinem ersten Besuch kannte. Allerdings gingen sie an der Tür des Büros, in dem er verhört worden war, vorbei. Stattdessen bogen sie links in einen langen Gang ab, von dem weitere Nebengänge abzweigten. An einem davon blieb der dritte Detektiv mit seinem linken Fuß an einem Wasserspender hängen, stolperte in den dunklen Seitengang hinein und fiel zu Boden.

»Pass doch auf, du Trottel!«, keifte Mrs Schrieffer zornig.

Laut ächzend rappelte sich Bob wieder auf. »Was kann *ich* denn dafür, dass Ihre Limo-Droge immer noch –«

Den Rest des Satzes verschluckte er, denn nun erblickte er in der rechten Hand von Matt Schrieffer einen kurzläufigen Revolver, der direkt auf ihn gerichtet war!

Justus und Peter waren derweil durch eine Verandatür nach draußen gelangt, nachdem sie ihre auf dem Wohnzimmertisch zurückgelassenen Mobiltelefone, Geldbörsen und anderen Habseligkeiten einschließlich des Schlüssels zu Bobs Wagen eingesteckt hatten. Zu Verteidigungszwecken hatte Peter außerdem einen schweren Hammer aus der Kellerwerkstatt mitgenommen. Nun rannten sie quer durch den Garten zur Straße hoch. Angesichts der auch heute wieder herrschenden Sommerhitze störte es die Jungen überhaupt nicht, dass sie beide von Kopf bis Fuß klitschnass waren. Rasch sprangen sie in den Käfer und Peter startete den Motor. Währenddessen zückte Justus sein Handy. Da im Internet keine Telefonnummer von ›Icotrone‹ zu finden und bei Miss Bowman durchgängig besetzt war, wählte er die Nummer des Rocky Beach Police Departments. Er wollte sich mit Inspektor Cotta verbinden lassen, der den drei ??? in der Vergangenheit schon oft mit Rat und Tat zur Seite gestanden hatte. Zwar lag Torrance weit außerhalb von Cottas Einflussbereich, aber er würde den Aussagen von Justus zweifellos Glauben schenken und daraufhin seine Kollegen hier vor Ort alarmieren. Selber bei einer fremden Polizeidirektion ein Verbrechen zu melden, stellte sich wegen der Jugendlichkeit der Detektive erfahrungsgemäß oft als heikles und vor allem zeitaufwendiges Unterfangen heraus. Meistens musste man die skeptischen Polizisten erst mühsam vom Ernst der Lage überzeugen.

Zu Peters Verwunderung war das Telefonat nur sehr kurz und der Erste Detektiv schien mit dem Gesprächsverlauf überhaupt nicht zufrieden zu sein.

»Verdammt!«, zischte Justus. »Inspektor Cotta und sein Assistent Goodween sind im Einsatz und nicht zu erreichen.«

»Mist. Und was nun?«

»Was bleibt uns schon groß übrig? Ich rufe jetzt die Polizei von Torrance an.« Mit diesen Worten suchte Justus die entsprechende Nummer im Internet heraus und tippte sie ein. Am anderen Ende meldete sich eine forsche Frauenstimme. »Torrance Police Department, was kann ich für Sie tun?«

»Hier Justus Jonas. Ich möchte einen Einbruchdiebstahl melden, der vermutlich in diesem Moment im ›Icotrone‹-Forschungsinstitut stattfindet.«

»›Icotrone‹?«, fragte die Polizistin hörbar irritiert. »Das ist ein außerordentlich gut gesichertes Gebäude und wir stehen mit der Security in regelmäßigem Kontakt. Da kann man nicht einfach so einbrechen.«

Justus verdrehte die Augen. »Es passiert ja auch nicht *einfach so*. Die Täter, ein Seniorenpaar aus Santa Monica, haben einen Neffen, der in dem Institut arbeitet. Er muss ihnen die notwendigen Mittel verschafft haben, um dort einzudringen und streng geheimes Datenmaterial eines Satellitenprojekts zu stehlen.«

»Moment mal ...«, gab die Frau argwöhnisch zurück. »Senioren, Neffen, Satelliten? Soll das ein Scherz sein? Wie alt bist du überhaupt?«

Justus stöhnte leise. »Mein Alter tut hier doch gar nichts zur Sache.«

»Das zu beurteilen, überlässt du bitte mir.« Die Polizistin zögerte. »Ich ... höre doch, dass du dich in einem fahrenden Wagen befindest. Du bist also gar kein Zeuge vor Ort?«

»Nein«, gestand Justus ungeduldig. »Bis gerade eben war ich noch im Keller der Täter gefangen. Aber sie haben ihre Pläne offen zugegeben. Und jetzt führen sie den Einbruch durch – mit einem meiner Freunde als Geisel!«

»Soso.« Es war überdeutlich zu hören, dass die Beamtin kein Sterbenswörtchen glaubte. »Einbruch, Diebstahl, Freiheitsberaubung und Geiselnahme. Sonst noch was? Brandstiftung? Hehlerei? Landesverrat?«

Die Hand des Ersten Detektivs krampfte sich um sein Handy. »Madam, ich versichere Ihnen, dass das die Wahrheit ist. Sie müssen –«

Doch die Frau schnitt ihm harsch das Wort ab. »Und *ich* versichere dir, dass ich weit Besseres zu tun habe, als mir solch einen Schwachsinn anzuhören. Du kannst froh sein, dass ich dir keine Anzeige wegen groben Unfugs verpasse!«

Das Klicken in der Leitung zeigte unmissverständlich an, dass die Frau aufgelegt hatte.

»Lass mich raten«, sagte Peter mit ernster Miene. »Das Gespräch war genauso ein Reinfall wie das davor.«

Mit verhärteten Gesichtszügen nickte Justus. »Aber dafür bedeutend nervtötender.«

Einige Sekunden herrschte Stille im Wagen.

Dann raunte Peter gepresst: »Also sind wir mal wieder auf uns allein gestellt …«

Als sie wenig später das Gelände von ›Icotrone‹ erreichten, parkte Peter mit deutlichem Abstand zum leeren Dodge.

»Niemand in dem Wagen zu sehen«, stellte Justus fest. »Sie sind also alle drei im Gebäude.«

»Und was ist mit dem Wachmann, von dem Bob erzählt hat?«

»Moment …« Justus öffnete das Handschuhfach, holte ein Fernglas heraus und blickte hindurch. »Das Wächterhäuschen ist leer. Also haben die Schrieffers ihn mit irgendeinem Trick weggelockt, oder –«

»Oder sie haben jetzt eine zweite Geisel«, ergänzte der Zweite Detektiv ernst.

Angespannt öffnete Justus die Beifahrertür. »Zeit, dass wir es herausfinden.«

Geduckt eilten sie zum Institut. Wie zu erwarten, war die Eingangstür geschlossen.

Stirnrunzelnd betrachtete der Erste Detektiv das Scanfeld. »Ohne Zugangskarte kommt man hier nicht rein. Es sei denn …«

Er hastete zum Wächterhäuschen. Die eigentlich automatisch

schließende Sicherheitstür stand einen Spalt weit offen, da ein am Boden liegender Stift sie blockierte, was der Wachmann beim Verlassen offensichtlich nicht bemerkt hatte. Vorsichtig zog Justus die Tür weiter auf und lugte ins Innere.
»Was hast du vor?«, fragte Peter irritiert.
»Komm her und sieh selbst!«
Neugierig folgte der Zweite Detektiv seinem Freund in den Raum, der von oben bis unten mit Technik vollgestopft war. Drei Dutzend kleine Monitore waren auf einer Metallkonsole in mehreren mit Etagen-Nummern gekennzeichneten Reihen übereinander angeordnet. Darunter befand sich ein Bedienpult mit diversen Schaltern und Knöpfen. Es handelte sich also nicht um ein schlichtes Wächterhäuschen, sondern um die Sicherheitszentrale von ›Icotrone‹. Doch im Moment hatten die Jungen nur Augen für einen einzigen Bildschirm.
»Da sind sie!« In höchster Sorge hielt Peter den Atem an. »Und Mr Schrieffer hat eine Schusswaffe in der Hand!«
Unwillkürlich biss sich Justus auf die Unterlippe. »Also null Handlungsspielraum für Bob.«
Der Zweite Detektiv deutete auf einen anderen Monitor. »Und mit dem Wachmann können wir auch nicht rechnen – der sortiert im dritten Stock irgendein Zeug an einem Schreibtisch.«
Justus nickte. »Garantiert ein Ablenkungsmanöver, mit dem man ihn weggelockt hat. Wahrscheinlich eine Anweisung mit angeblich höchster Dringlichkeitsstufe. Wie auch immer: Jetzt kommt's auf uns an.« Hastig überflog der Erste Detektiv die diversen Elemente des Bedienpults. »Von hier aus kann man für einzelne oder alle Bereiche des Instituts Alarm auslösen.«

»Na, dann tun wir das doch!«, forderte Peter aufgeregt. »Damit scheuchen wir den Wachtyp und wahrscheinlich auch die verschnarchte Polizei auf!«

»Gleichzeitig riskieren wir aber, dass Mr Schrieffer sich zu einer Kurzschlussreaktion hinreißen lässt – das könnte für Bob übel enden.« Angestrengt wischte sich der Erste Detektiv über die Stirn. »Nein, unsere einzige Chance ist ein plötzliches Überrumpelungsmanöver, bei dem wir den Alten entwaffnen.«

Mit mulmigem Gefühl blickte Peter auf den mitgenommenen Hammer in seinen Händen. »Du meinst, wir postieren uns seitlich vom Eingang, und wenn sie rauskommen, schlage ich ihm die Waffe aus der Hand?«

»Das wäre in der Tat eine Option.« Nervös verschränkte Justus die Arme vor der Brust. »Lieber wäre mir allerdings, wenn wir Bob irgendwie vorwarnen könnten, damit er nicht versehentlich dazwischengerät.«

»Aber wie sollen wir das denn anstellen, wenn wir doch nicht reinkommen?«

Der Erste Detektiv deutete auf einen runden grünen Knopf mit der Aufschrift ›OPEN‹. »Wenn ich das richtig deute, kann man die Eingangstür von hier aus auch ohne Scankarte öffnen. Einen Versuch ist es auf jeden Fall wert.«

Tatsächlich schwangen beide Fronttüren geräuschlos auf, nachdem Justus den Knopf betätigt hatte.

Rasch vergewisserten sich die Jungen, dass weder die Schrieffers noch der Wachmann etwas von der Aktion mitbekommen hatten.

»Sesam öffne dich«, murmelte Peter. »Jetzt müssen wir nur

noch –« Abrupt hielt er inne und beugte sich ruckhaft zur Monitorkonsole vor.
»Was hast du?«, fragte Justus.
Fassungslos wies der Zweite Detektiv auf einen Bildschirm am linken Rand. »Ich glaube … ich habe gerade einen Geist gesehen!«

Eingeschüchtert hob der dritte Detektiv beide Hände. »Sir, bitte – nicht schießen.«

»Schnauze!«, blaffte Mr Schrieffer zurück. »Wenn du hier auf plumpe Weise Zeit schinden willst, bis der Wachmann zurückkommt, vergiss es. Der ist für mindestens zwanzig Minuten beschäftigt – bis dahin sind wir längst wieder raus.« Er wedelte bedrohlich mit dem chromglänzenden Revolver. »Los! Ab jetzt läufst du hübsch vor uns her. Und glaub mir – ich bin ein verdammt guter Schütze, also keine weiteren Dummheiten!«

Dem dritten Detektiv blieb nichts anderes übrig, als diesem Befehl Folge zu leisten. Die entschlossene Miene des Mannes machte völlig unmissverständlich klar, dass er es ernst meinte. Todernst.

Während sie ihren Weg fortsetzten, überlegte Bob angestrengt, ob es trotz der deutlich verschärften Situation eine Möglichkeit gab, den unmittelbar bevorstehenden Diebstahl von XFLR-7 zu verhindern oder zumindest zu verlangsamen. Wie mochte es wohl seinen Freunden gehen? Sie waren ja ebenso wie er betäubt worden. Aber wo befanden sie sich jetzt? Bestimmt an einem Ort, von dem die Schrieffers annahmen, dass er dazu geeignet war, Justus und Peter sicher gefangen zu halten. Aber Ähnliches hatten in der Vergangenheit schon viele Gangster gedacht und sich damit gründlich verrechnet. Mit etwas Glück hatten sich seine Freunde in der Zwischenzeit sogar schon befreit und waren auf dem Weg hierher! Falls ja, hoffte Bob inständig, dass sie nicht davon ausgingen, es mit zwei einfach zu überwältigenden Gegnern zu tun zu haben. Dies war spätestens seit dem Auftauchen des Revolvers nicht mehr der Fall.

Kurz darauf befand sich der dritte Detektiv mit seinen beiden Geiselnehmern im Direktionsbüro vor dem versteckten Wandsafe. Mrs Schrieffer stand links davon vor einem Scanfeld, ihr Mann drei Meter von ihr entfernt rechts vor einem zweiten Feld. Aus Sicherheitsgründen mussten beide Codekarten gleichzeitig verwendet werden, was das Paar nun tat. Anschließend gab der Alte eine sechsstellige Zahlenkombination in eine kleine Tastatur ein. Mit einem hellen Klicken öffnete sich die etwa vierzig mal vierzig Zentimeter große Panzerstahltür. Bob stand derweil unverrichteter Dinge im Raum und beobachtete, wie die kriminellen Senioren eilig sämtliche im Tresor befindlichen Akten, Mappen und Datenträger in die unscheinbare Tasche füllten. Dieser Vorgang führte dem dritten Detektiv in beängstigender Weise vor Augen, wie schnell ihm die Zeit davonrannte. Nämlich mit dem Tempo eines Olympiasprinters …

Verständnislos blickte Justus seinen Freund an. »Was … bitte meinst du mit ›Ich habe einen Geist gesehen‹?«

Hektisch zeigte Peter auf Monitor 12. »Auf dem Schrank dort ist gerade eine Vase umgefallen – aber in diesem Flur im ersten Stockwerk ist niemand!«

»Bist du dir sicher, dass das Ding nicht schon vorher so dalag?«, fragte Justus skeptisch.

»Ich leide doch nicht an Halluzinationen! Da war ein heller

Schemen, bevor die Vase umgefallen ist. Na, und außerdem ...« Demonstrativ deutete der Zweite Detektiv auf das ausgelaufene Wasser und die teils zu Boden gefallenen Blumen. »Glaubst du ernsthaft, die Leute hier wären fröhlich ins Wochenende gestartet und hätten *so* eine Sauerei zurückgelassen?«

»Das entbehrt nicht einer gewissen Logik.« Konzentriert überflog Justus die übrigen Bildschirme. »Aber der Wachmann befindet sich weiterhin oben in der dritten Etage. Die Schrieffers und Bob hingegen sind immer noch in dem Büro. Und ansonsten befindet sich kein Mensch im Gebäude.«

Wie zur Bestätigung hob Peter beide Hände. »Sag ich doch: ein Geist!«

»Oh Mann ...«, raunte der Erste Detektiv mit leidender Miene. Dann atmete er einmal tief durch. »So gern ich mit dir erneut das Dauerbrenner-Thema ›Warum es *keine* Geister gibt‹ diskutieren würde – wir haben jetzt keine Zeit dafür. Die Schrieffers räumen gerade den Safe aus, uns bleiben also nur noch wenige Minuten für unsere Vorbereitungen.«

»Okay, okay«, murrte Peter und fügte leise an: »Aber die Vase ist trotzdem gerade umgeflogen.«

Angespannt knetete Justus seine Unterlippe und deutete auf Monitor 5. »Wenn die drei denselben Weg zurück gehen wie hin, dann kommen sie auch an der engen Flurkreuzung dort vorbei.«

»Das wäre der perfekte Hinterhalt, aus dem ich zuschlagen könnte«, stellte der Zweite Detektiv fest, während sich seine Hände fester um den Stiel des Hammers schlossen. »Wenn wir Pech haben, steht Bob dann aber so ungünstig, dass er was abbekommt.«

»Wir müssten eine Möglichkeit finden, ihn irgendwie vorzuwarnen, damit er im entscheidenden Moment in Deckung geht …« In höchster Anspannung wanderte Justus mit seinem Blick die Konsole ab. Dann blieb er an einer Schalterreihe am unteren Rand hängen. Und plötzlich glomm ein altbekanntes Funkeln in seinen Augen auf. »Das Licht!«

Während die beiden Schrieffers dabei waren, die letzten Dokumente in ihrer Tasche zu verstauen, drehte Bob seinen Kopf unauffällig dem hinter ihm liegenden Flur zu. Der dritte Detektiv hatte immer noch nicht ganz die Hoffnung auf Flucht aufgegeben, aber bis zur Tür waren es gut sechs Meter. Eine zu große Entfernung, um sie unbemerkt zurücklegen zu können. Bereits nach den ersten Schritten würde der Alte herumwirbeln und schlimmstenfalls auf ihn schießen. Und wenn es stimmte, was Matt Schrieffer gerade über seine Qualitäten als Schütze gesagt hatte, bestanden kaum Aussichten, dass er Bob verfehlen würde. Nein, das Risiko war einfach zu groß.

Gerade wollte er sich wieder den Schrieffers zuwenden, da hielt er irritiert inne. Zunächst dachte er, dass er es mit einer schlichten Stromschwankung zu tun hatte, wie sie schon hin und wieder mal vorkam. Doch dann wurde deutlich, dass hier etwas anderes dahinterstecken musste: Keine Stromschwankung auf der Welt trat nach einem präzisen *System* auf! Das mussten Justus und Peter sein! So unglaublich es auch schien – sie mussten es irgendwie geschafft haben, sich Zugriff auf die Elektrik von ›Icotrone‹ zu verschaffen. Genauer gesagt auf die Lichtanlage der Flure. Gerade nämlich, von den immer noch beschäftigten Schrieffers unbemerkt, flackerten die Deckenlampen in einem klar entschlüsselbaren Morsecode auf:

... –. .– –.–. –.–

.– ..– – ––– –– .– –

Bobs Augenlider flatterten vor Aufregung. Es bestand kein Zweifel daran, dass seine Freunde planten, die Schrieffers zu überwältigen und ihn zu befreien! Und dank des Lichtercodes – der nach einer kurzen Pause noch ein zweites Mal aufflackerte – wusste er nun auch, wo genau die Aktion stattfinden würde: beim Snack-Automaten.

»Da!«, entfuhr es Peter. »Hast du sein Nicken in Richtung Deckenkamera gesehen? Er hat's kapiert!«

»Gerade noch rechtzeitig«, stellte Justus fest und nahm die Finger von der Schaltanlage. »Fünf Sekunden länger, und unsere Lichtershow wäre aufgeflogen.«

Tatsächlich hatte Mrs Schrieffer soeben die Safetür wieder geschlossen. Nun wandte sich das Paar um und der Alte forderte Bob mit herrischer Handbewegung dazu auf, den Rückweg anzutreten.

»Der Countdown läuft!« Bestärkend klopfte Justus dem Zweiten Detektiv auf die Schulter. »Also dann, wie besprochen: Ich halte hier am Monitorpult die Stellung und lasse die drei nicht aus den Augen.«

»Und ich gehe hinter dem Snack-Automaten in Deckung«, ergänzte Peter. »Per Handy sagst du mir Bescheid, wenn das Gangster-Paar und Bob sich nähern.«

»Genau. Vor allem achte ich auf Matt Schrieffers Position im Gang, damit du präzise zuschlagen kannst.« Er warf einen

Blick auf Bildschirm 11. »Wie es aussieht, bleiben sie bei der Gänsemarsch-Formation: Bob vorneweg, dann Mr Schrieffer mit Revolver und anschließend seine Frau mit der Beutetasche. Ich baue darauf, dass Bob sich im entscheidenden Moment zu Boden werfen wird, damit du freie Bahn für deinen Schlag gegen die Waffe hast.«

»Klingt in der Theorie ja ganz gut«, gab Peter zurück. »Hoffen wir, dass es auch in der Praxis funktioniert. Und zwar beim ersten Versuch, denn einen zweiten werde ich nicht haben.«

»Ich wüsste niemanden, der für diese Aufgabe geeigneter wäre also du«, ermutigte ihn Justus.

»Oho – ein Kompliment vom Chef«, gab Peter mit schwachem Lächeln zurück. »Dann muss es ja wirklich ernst sein ...«

Der Erste Detektiv öffnete per Knopfdruck die beiden Zugangstüren und Peter huschte ins Gebäude. Kaum dreißig Sekunden später beobachtete Justus, wie der Zweite Detektiv den verdeckten Posten hinter dem quietschbunten Automaten bezog und sein Handy zückte. Nahezu zeitgleich erklang der Vibrationsalarm von Justus' Mobiltelefon.

»Hallo, Erster«, meldete sich Peter im Flüsterton. Er war hörbar nervös, was angesichts der dramatischen Situation ja auch kein Wunder war. »Bin jetzt in Stellung. Wie weit sind die drei noch entfernt?«

»Ich schätze, dass sie in einer knappen Minute bei dir sein werden. Sobald –« Irritiert verharrte Justus. Dann raunte er: »Das gibt's doch nicht ...«

»He – was ist denn los bei dir?«, fragte Peter alarmiert.

Die Antwort kam nur stockend. »Vielleicht .... leide ich inzwischen ja ebenfalls unter Wahrnehmungsstörungen. Aber ich glaube, gerade habe ich deinen Geist aus dem ersten Stock gesehen.«

»Und?«, zischte der Zweite Detektiv aufgeregt. »Wie sah er aus?«

»Weiß ich nicht, die Bewegung war viel zu schnell und außerdem habe ich sie nur aus den Augenwinkeln mitbekommen. Schließlich bin ich auf die Flurmonitore im Erdgeschoss konzentriert.«

»Na, Hauptsache, das Gespenst funkt uns jetzt nicht dazwischen.«

Plötzlich klang die Stimme des Ersten Detektivs gepresst und fahrig. »Womit wir beim Stichwort wären – die drei biegen jetzt in deinen Gang ein!«

»Bin bereit!«, hauchte der Zweite Detektiv und hob mit der rechten Hand den Hammer, während er mit der linken weiterhin das Handy ans Ohr hielt. »Zähl runter!«

»Alles klar.« Mit schweißnassem Gesicht beugte sich Justus noch näher zu den Monitoren vor. Jeder Fehler könnte in einer Katastrophe enden, doch daran durfte er jetzt nicht denken. »Noch zehn Meter, Bob unverändert an erster Position, Mr Schrieffer eine Armeslänge hinter ihm und seitlich circa dreißig Zentimeter von der Wand entfernt … Noch acht Meter … Noch sechs, fünf, vier, drei, zwei –« Mit blankem Entsetzen riss Justus die Augen auf. »Oh NEIN!«

Die Panik des Ersten Detektivs war berechtigt, denn kurz bevor die kleine Gruppe den Hinterhalt erreicht hatte, war Matt Schrieffer urplötzlich stehen geblieben und zielte nun mit seinem Revolver an Bob vorbei direkt auf den Automaten!

# In der Schusslinie

Wie vom Blitz getroffen ließ Peter Hammer und Handy zu Boden sinken. Er konnte nicht fassen, was er da gerade aus dem Mund von Mr Schrieffer vernommen hatte: »Raus da, du Clown, oder es knallt!«

Kapitulierend hob der Zweite Detektiv die Hände und trat hinter dem Snack-Automaten hervor. Bobs angstverzerrtes Gesicht versetzte ihm einen Stich ins Herz. Er hatte jämmerlich versagt. Statt als glorreicher Retter in der Not zu glänzen, war er nun erneut der Gefangene des hämisch grinsenden Schrieffer-Paars. Aber wie war das möglich? Er war doch die ganze Zeit in Deckung geblieben. Zu keiner Sekunde hatte er seinen Kopf hinter dem Automaten hervorgestreckt – schließlich war er ja durch die Angaben von Justus bestens angeleitet gewesen. Trotzdem musste ihnen ein verheerender Fehler unterlaufen sein. Verwirrt, wütend und zutiefst enttäuscht von sich selbst presste Peter die Lippen aufeinander.

Matt Schrieffer hielt immer noch seine Waffe auf ihn gerichtet, nun jedoch nicht mehr am ausgestreckten Arm, sondern lässig aus der Hüfte heraus. Es war nur allzu deutlich sichtbar, wie sehr er seinen Triumph genoss.

»So dümmlich, wie du dreinschaust, hast du keine Ahnung, wie ich dich überrumpeln konnte, stimmt's?«

Der Zweite Detektiv schwieg, aber der Kloß in seinem Hals wurde immer dicker.

»Ein absoluter Anfängerfehler, geradezu lachhaft banal«, fuhr der Alte in arrogantem Plauderton fort. »Von Super-

duper-Detektiven wie euch hätte ich das wirklich nicht erwartet.« Gönnerhaft stupste er Bob an. »Sag du's ihm.«
Mit versteinertem Blick starrte der dritte Detektiv an Peter vorbei. »Hinter dir.«
Langsam drehte sich Peter um. Die Wucht, mit der ihn der Grund seiner Niederlage traf, erschütterte ihn wie ein Faustschlag. Die ganze Zeit über hatten sich Justus und er ausschließlich auf die perfekte Deckung am Snack-Automaten konzentriert. Aus der Perspektive der Monitorkamera, die vom Eingang aus frontal auf den langen Flur gerichtet war, hatte auch absolut nichts dagegengesprochen. Und Peter hatte sich nach seinem Sprint zum Automaten nur auf das konzentriert, was im Gang vor ihm lag. Auf die Idee, *hinter* sich zu blicken, war er im Eifer des Gefechts gar nicht gekommen. Dies stellte sich nun als gravierender detektivischer Patzer heraus, denn an der gegenüberliegenden Wand ragte ein deckenhoher Spind auf, in dessen blanker Metalltür sich Peter deutlich sichtbar gespiegelt hatte!
»So, und jetzt ...« Mr Schrieffer hob den Kopf, winkte mit dem Revolver in Richtung Kamera und machte dann eine auffordernde Handbewegung, »... wird es Zeit, dass sich euer Specki ebenfalls unserer kleinen Runde anschließt.«
»Wir wollen doch nicht, dass er auf dumme Gedanken kommt«, ergänzte seine Frau höhnisch.
»Die ... Polizei muss jeden Moment hier sein«, warnte Peter halbherzig, doch diese Aussage hätte er sich nicht mal selber geglaubt.
Tatsächlich schüttelte der Alte nur belustigt den Kopf. »Völliger Quatsch. Wenn ihr die Bullen alarmiert hättet, wären die

längst hier.« Er wies nach vorn. »Und jetzt Abmarsch! Ich will endlich raus aus dem Laden.«

Wenige Sekunden später kam ihnen Justus mit erhobenen Händen entgegen.

»Ah, sieh an, wie brav – der Erste Detektiv beehrt uns mit seiner Anwesenheit«, stellte Carol Schrieffer spöttisch fest. »Und was war dein Job bei dieser Nummer? Draußen rumhocken und volle Hosen haben?«

Justus' Gesichtsausdruck blieb unbewegt. »Vollkommen richtig – genau das war meine Aufgabe.«

»Dachte ich mir«, murmelte Mr Schrieffer grinsend. »Ihr seid ja wirklich eine Supertruppe. Wie du und der Lange es geschafft habt, aus unserem Keller rauszukommen, ist mir ein Rätsel.«

»Anfängerglück«, raunte Peter grimmig.

»Und ... was haben Sie mit der Supertruppe nun vor«, fragte Bob zögerlich, während sie den Weg Richtung Ausgang fortsetzten.

»Ganz einfach«, erwiderte Matt Schrieffer. »Grover, der sich inzwischen bereits am Century City Airport befindet, hat in Torrance einen Lagerschuppen angemietet. Dort sollte eigentlich nur Bob zwischengeparkt werden, aber da drin ist mit Sicherheit auch Platz für drei.«

»Bevor wir uns von euch verabschieden, bekommt ihr natürlich noch mal einen schönen Schluck Zaubermedizin«, fügte seine Frau so beiläufig an, als spräche sie vom Wetter. »Die paar Stunden Wartezeit werden für euch also wie im Traum vergehen.«

»Sobald wir an unserem Reiseziel angekommen sind, rufen

wir beim Vermieter an, und man holt euch da raus«, fügte der Alte an.
»Zu gütig«, knurrte Justus leise.
Inzwischen hatten sie die erste der beiden offen stehenden Schiebetüren fast erreicht, als Carol Schrieffer plötzlich einen schrillen Schrei ausstieß. In derselben Sekunden raste ein schneeweißes Etwas lautlos zwischen den Beinen der völlig perplexen Gruppe hindurch nach draußen.
Peter war der Erste, der geistesgegenwärtig den kurzen Moment der Verwirrung ausnutzte. Mit einer blitzschnellen Bewegung trat er Mr Schrieffer die Waffe aus der Hand. Ächzend taumelte der Mann zurück und der Revolver fiel krachend zu Boden. Rasch hob Bob ihn auf und zielte auf das Gangsterpaar.
»Gut gemacht, Kollegen!«, lobte der Erste Detektiv erleichtert. Dann wandte er sich irritiert dem Ausgang zu. »Aber ... wo ist diese weiße Katze denn plötzlich hergekommen?«
»Das war nicht *irgendeine* weiße Katze, sondern Lenny«, klärte Bob mit einem Grinsen auf. »Sie hatte sich als blinder Passagier im Auto der Schrieffers versteckt. Als ich sie dann unter meinem Sitz entdeckt habe –«
»... hast du sie heimlich ins Institut geschmuggelt«, ergänzte Peter.
»Genau. Bei einem vorgetäuschten Stolpern habe ich Lenny dann ungesehen in einem Nebengang freigelassen. Ich hatte gehofft, dass sie in irgendeinen gesicherten Bereich stromert und so Alarm auslöst.« Ein strahlendes Lächeln breitete sich auf dem Gesicht des dritten Detektivs aus. »Aber als rettende Kavallerie ist sie mir sogar noch lieber.«
Justus schmunzelte. »Streng genommen würde sie als Katze,

lateinisch *felis*, nicht zur *Kavall*erie – von lateinisch *caballus*, ›das Pferd‹ – zählen, sondern zur *Felis*erie, die ich hier und heute für erfunden erkläre.«

Gerade wollte Peter etwas erwidern, da ertönte hinter ihnen ein energischer Ausruf.

»Waffe runter oder ich schieße!«

Alle Köpfe wandten sich dem Wachmann Reginald zu, der breitbeinig am Ende des Flurs stand und mit erhobener Dienstwaffe auf Bob zielte. In seinem Gesicht spiegelten sich Überraschung und Verunsicherung.

»Bitte, tun Sie nichts Unüberlegtes, Sir – wir werden all Ihre Anweisungen befolgen«, entgegnete Bob betont sachlich, während er langsam den Revolver auf den Boden legte. »Sie kennen mich – ich bin der Schüler, den Sie gestern Nachmittag befragt haben. Meine Freunde und ich sind Detektive und wir konnten diese beiden Verbrecher daran hindern, wertvolles Diebesgut aus dem Institut zu schaffen. Die Waffe haben wir dem Herrn hier abgenommen.«

»Und gerufen habe *ich* Sie«, ergänzte Justus.

Verdutzt legte der Zweite Detektiv den Kopf schief. »Ihn gerufen?«

Justus nickte. »Als ich am Bildschirm sah, wie die Situation bei euch eskalierte, musste ich natürlich herkommen. Aber vorher habe ich noch die gesamte Beleuchtung im dritten Stockwerk auf einen Schlag ein- und dann komplett ausgeschaltet.«

»Du warst das also.« Ein anerkennendes Lächeln huschte über das Gesicht des Wachmanns. »Ziemlich clever – quasi ein stiller Alarm, der mich sofort aufgeschreckt hat. Da bin ich natürlich schnellstmöglich wieder runter, um nachzusehen, was los ist.«

»So hatte ich es mir erhofft. Glücklicherweise konnten wir das kriminelle Pärchen aber kurz vor Ihrer Ankunft selber überwältigen.« Justus deutete auf die Tasche in Mrs Schrieffers Hand. »Die Dame hat die Beute übrigens immer noch bei sich.«

Inzwischen schien Reginald seine Unsicherheit überwunden zu haben. Energisch wies er zum Ausgang. »Okay, dann tretet mal ein paar Schritte zurück, Jungs, aber lasst eure Hände da, wo ich sie sehen kann.« Er wandte sich den Schrieffers zu. »Und Sie beide nehmen jetzt Ihre Schals und Hüte ab.«

Leise fluchend folgte das Paar der Aufforderung. Die Überprüfung dauerte nur wenige Sekunden, dann klickten die Handschellen. Anschließend überreichte Justus dem staunenden Wachmann die Visitenkarte der drei ???.

»Tatsächlich ... Detektive.« Mit strenger Miene sah der Wachmann Bob an. »Dann war das ganze Pflanzen-Gefasel also nur heiße Luft.«

»Das stimmt«, gestand der dritte Detektiv. »Mein Besuch hier war sozusagen Teil unserer Ermittlungen.«

»Ziemlich erfolgreiche Ermittlungen, wenn ich mir das Ergebnis so ansehe.« Reginald deutete zum Wächterhäuschen. »Aber jetzt muss ich die Polizei alarmieren. Dieses ehrenwerte Seniorenpaar gehört schleunigst hinter Gitter.«

»Und nicht nur die beiden«, warf Peter ein. »Sie haben einen Neffen, der den ganzen Plan ausgeheckt hat. Er wartet am Century City Airport auf seine lieben Verwandten, um sich mit ihnen ins Ausland abzusetzen.«

»Ihnen ist er übrigens bestens bekannt, Sir«, ergänzte Bob. »Er kam gestern zu uns in das Büro hier bei ›Icotrone‹, sein Name ist Grover Gilcrest.«

»Dr. Gilcrest, der Leiter der Forschungsabteilung?«, entfuhr es Reginald. Er war sichtlich fassungslos. »Meint ihr das ernst?«

»Vollkommen ernst, ernster geht's gar nicht, sozusagen oberernst«, bestätigte Peter. Dann deutete er den Gang hinunter. »Mein Handy liegt noch dahinten, kann ich es kurz holen?«

»Okay, aber beeil dich.«

Und während der Zweite Detektiv zu dem Snack-Automaten zurückeilte, den er in seinem Leben nie vergessen würde, machte sich die kleine Gruppe, teils wutschäumend, teils äußerst zufrieden, auf den Weg nach draußen.

Justus fiel beim Blick auf die Schrieffers plötzlich etwas ein und wandte sich nochmals an Reginald. »Nachdem Sie die Polizei alarmiert haben, seien Sie doch bitte so nett und rufen auch noch ein Installationsunternehmen an.« Der Erste Detektiv grinste breit. »Am besten mit Spezialisierung auf Wasserrohrbrüche.«

# Später Triumph und ein geschnäbelter Dank

Zwei Wochen später saßen Justus und Peter an einem Samstagvormittag in der Zentrale und warteten auf Bob, der ein Treffen einberufen hatte. Offensichtlich gab es irgendetwas Interessantes zu berichten. Kurz darauf traf der dritte Detektiv ein, unter seinem rechten Arm klemmte eine zusammengerollte Zeitung.

Neugierig sah Peter ihn an. »Na, wichtige Neuigkeiten?«

»Vielleicht von dem anstehenden Strafprozess gegen den leitenden Satelliten-Ingenieur von ›Icotrone‹, Dr. Grover Gilcrest, und seine werte Verwandtschaft Carol und Matt Schrieffer?«, fragte Justus.

»Nein, aber um die Ecke hat es trotzdem mit unserem XFLR-7-Fall zu tun.« Bob entfaltete die Zeitung auf dem Schreibtisch. »Mein Dad war auf die verrückte Geschichte aufmerksam geworden, daraufhin habe ich mir die heutige Ausgabe der ›Santa Monica Daily Press‹ besorgt.«

Der Zweite Detektiv staunte. »Jetzt bin ich gespannt.«

»Aaalso … ihr hattet mir ja von diesem eigenartigen Testament erzählt, das hinter den Aktionen im Dunkelhaus steckt.«

»Aha – ich ahne was«, warf Justus ein.

»Ich auch!« Peter schaute auf den Wandkalender. »Der Monat mit den Aufgaben ist rum, und jetzt wird das Erbe von diesem Banner ausgezahlt.«

»Banyon«, korrigierte Bob. »Aber ansonsten stimmt's. Und

die Auflösung ist sogar noch schräger, als die ganze Sache ohnehin schon ist.«
»*Noch* schräger?« Peter zog die Stirn kraus.
»Pass auf. Einer der Nachbarn hat das Ganze nämlich brühwarm an die Zeitung weitergegeben, wahrscheinlich um ein bisschen Geld rauszuschlagen.«
»Noch mehr Geld?«, fragte der Zweite Detektiv. »Das ist doch schon reichlich geflossen. 100.000 Dollar für zehn Personen. Macht stattliche 10.000 pro Nase.«
»Wart's ab«, mahnte Bob. »Zunächst mal hat der Notar vor versammelter Mannschaft die Info-Bombe platzen lassen, dass die Leute sich das gesamte Verkleidungs-Spektakel hätten sparen können.«
Verblüfft beugte sich Justus vor. »Hat einer von ihnen seine Aufgabe nicht zur Zufriedenheit des Kontrolleurs ausgeführt?«
»Das wird man nie herausfinden«, antwortete der dritte Detektiv. »Diesen Kontrolleur gab es nämlich gar nicht! Der gerissene Mr Banyon ging richtigerweise davon aus, dass ›das geldgierige Pack‹ sich untereinander peinlichst genau überwachen würde. Der kleinste Fehler könnte ja die Erbschaft gefährden.«
»Verstehe.« Justus schmunzelte. »Weil jeder dem anderen hinterherspioniert hat, war auch ohne äußere Kontrolle sichergestellt, dass alle bizarren Anordnungen bis aufs i-Tüpfelchen genau befolgt wurden.«
Auch Peter grinste breit. »Ich hätte ja zu gerne die dummen Gesichter gesehen, als der Notar diese Wahnsinns-Info verkündet hat.«

»Da war gewiss ordentlich Stimmung im Saal«, ergänzte Justus.

Bob warf seinen Freunden einen schelmischen Blick zu. »Und das war nicht alles – das Beste kommt erst noch.«

Justus legte den Kopf schief. »Du darfst dir unserer ungeteilten Aufmerksamkeit gewiss sein.«

»Glaubt mir – es lohnt sich. Als krönenden Höhepunkt hatte sich Mr Banyon etwas ganz Besonderes ausgedacht. Beim Öffnen des Geldkoffers durch den Notar kam es zu einer weiteren Überraschung, die die Erbgemeinschaft aus allen Wolken fallen ließ ...«

»Schieß los!«, forderte der Zweite Detektiv ungeduldig.

»Mach ich ja schon: Bei der überreichten Summe von 100.000 Dollar handelte es sich nicht um amerikanische, sondern um *liberianische* Dollar, die nur etwa ein Zweihundertstel so viel wert sind. Statt 10.000 US-Dollar gab es jetzt also nur noch 500 Dollar pro Kopf.«

»Hut ab!«, entfuhr es Justus. »Das nenne ich ein Ende mit Knalleffekt.«

Schadenfroh tippte Bob auf den Zeitungsartikel. »Zum Schluss hat der Notar dann noch folgende Botschaft von Mr Banyon verlesen: ›Eine freundliche Nachbarschaft ist nicht mit Geld aufzuwiegen.‹ «

Peter klatschte sich auf den Oberschenkel. »Irre! Diese Lehre werden die Typen wohl ihr Leben lang nicht vergessen.«

»Garantiert nicht«, bestätigte Bob. »Schon allein deswegen, weil Mr Banyons letzter Wunsch nun doch erfüllt wird. Das zuständige Gericht hat nämlich verfügt, dass das Kinderheim tatsächlich gebaut werden kann.«

Lächelnd lehnte sich der Erste Detektiv in seinem Stuhl zurück. »Ende gut, alles gut.«

In diesem Moment klingelte das Telefon. Justus schaltete den Verstärker ein und nahm den Hörer ab. »Hier Justus Jonas von den drei Detektiven.«

»Hallo, Justus, hier ist Kendra Bowman«, meldete sich ihre hörbar gut gelaunte ehemalige Klientin.

»Miss Bowman – welch schöne Überraschung! Geht es Ihnen gut?«

»Ja, alles bestens. Der Patentierungsprozess für XFLR-7 ist inzwischen erfolgreich abgeschlossen – der größte Erfolg in der Geschichte von ›Icotrone‹.«

»Großartig, herzlichen Glückwunsch!«

»Vielen Dank – ohne euch hätte das alles ja auch ganz anders ausgehen können.« Miss Bowmann atmete tief ein. »Gar nicht auszudenken, wenn ihr den Diebstahl nicht rechtzeitig vereitelt hättet.«

»Das war ja unser Job«, gab Justus vergnügt zurück. »Und den nehmen wir sehr ernst.«

»Genau deshalb rufe ich euch an. Huxley hat euch nämlich noch etwas zu sagen.«

»Huxley?«, kam es wie aus einem Mund.

Die drei Detektive schauten einander verdutzt an.

»Oh, ihr seid also auch da, Bob und Peter – sehr gut. Huxleys Botschaft ist schließlich für euch alle bestimmt.«

»Jetzt haben Sie uns neugierig gemacht«, erwiderte Peter.

Am anderen Ende der Leitung raschelte es und anschließend klangen Miss Bowmans Worte etwas dumpfer. Vermutlich hielt sie das Telefon ihrem Sittich vor den Schnabel. »Es hat

ziemlich lange gedauert, weil Huxley kaum von seinen ewigen Hähnchen abzubringen war, aber heute möchte er euch doch etwas in meinem Namen mitteilen.« Ihre folgenden Worte waren nur noch geflüstert. »Huxley – jetzt!«
Und mit dröhnend lauter Krächzstimme trompetete der Vogel:

»Soll das Unheil von dir weichen,
dann ruf ›Die drei ???‹!
*Lecker, lecker, leeecker!!*«

# Leseprobe

176 Seiten, €/D 10,-
ISBN 978-3-440-17090-8

Das altehrwürdige Hotel Crowns Palace feiert sein 150-jähriges Jubiläum und viele Prominente sind zur Party eingeladen. Justus, Peter und Bob sollen Mr Andrews helfen, über die Veranstaltung zu berichten. Doch dann kommt alles ganz anders. Die drei ??? müssen einen Geist aufspüren und finden heraus, dass eine wertvolle Krone im Hotel nicht sicher ist …

**Lies doch mal rein!**

**kosmos.de/die_drei_fragezeichen**

Da! Wieder dieses Knarren. Dann absolute Ruhe. Er verharrte für einige Sekunden bewegungslos. Doch schließlich drückte Peter vorsichtig die Messingklinke herunter, öffnete die Tür einen kleinen Spaltbreit und spähte hindurch. Der Flur war menschenleer. Niemand war zu sehen. Kein Ton zu hören.

»Seltsam«, flüsterte er. »Das habe ich mir doch nicht eingebildet.« Er blickte nach links, dann nach rechts und zuckte schließlich mit den Schultern. »War wohl doch falscher Alarm. Du bist eindeutig zu schreckhaft, Peter Shaw«, ermahnte er sich.

Gerade wollte er den Rückzug antreten, als er im Augenwinkel einen schwarzen Schatten bemerkte, der wie aus dem Nichts am rechten Ende des Flures auftauchte und gleich darauf wieder aus seinem Sichtfeld verschwand.

»Was zum ... Kann mich bitte jemand kneifen? Das sah ja aus wie ...« Der Zweite Detektiv wagte nicht, das Wort auszusprechen. Er nahm all seinen Mut zusammen, schlüpfte aus dem Zimmer und schlich den Gang hinunter. Als er um die Ecke blickte, gefror ihm das Blut in den Adern. Eine in ein langes schwarzes Kleid gehüllte Frau stand bewegungslos in der Nähe des alten Fahrstuhls. Sie trug eine altmodische Kopfbedeckung und ihr Gesicht war nicht mehr als ein konturloser Fleck. Wer war das? Er hatte eine Gestalt wie diese schon einmal gesehen. Dann durchfuhr es ihn wie ein Blitz. Er wollte in sein Zimmer zurücklaufen, doch seine Beine waren wie gelähmt.

»Das ... das ist sie. Sie ist es wirklich. Die tote Frau. Catherine Parker ... der Geist vom *Crowns Palace*«, stotterte Peter kaum hörbar. »Oh nein, das kann doch nicht wahr sein. Warum muss das ausgerechnet mir passieren?«

Urplötzlich drehte sich die schwarze Frau um und schien Peter geradewegs anzustarren. Wie in Zeitlupe erhob sie ihren Arm und richtete den Zeigefinger direkt auf ihn. Ihre Hände waren in schwarze Handschuhe gehüllt. Ungläubig riss der Zweite Detektiv die Augen auf. Er spürte das Verlangen, laut um Hilfe zu rufen, doch seine Kehle war wie ausgetrocknet.
»Es gibt keine Gespenster, Peter«, redete er sich in Gedanken ein. Justus hatte es mehrfach deutlich gesagt. Es waren entweder Hirngespinste oder Täuschungen. Ja! Genau das waren seine Worte. Und der Erste hatte immer recht. Ohne Ausnahme. »Es gibt keine ...« Der Zweite Detektiv hielt inne. »Moment mal ... Oh nein, bitte nicht, was passiert denn jetzt?«
Ein weißer Nebel breitete sich rund um die Erscheinung aus, stieg wabernd an ihr empor und hüllte sie nur wenig später vollständig in eine kaum durchdringbare Wolke ein. Lediglich ihr mahnender dürrer Finger ragte noch daraus hervor, bis letztlich auch er von den dichten Schwaden verschluckt wurde. Peter war starr vor Angst. Sein ganzer Körper fühlte sich an, als hätte ihn der Blick dieser Geisterfrau mit einem bösen, versteinernden Fluch belegt. Kalter Schweiß bildete sich auf seiner Stirn, bahnte sich den Weg über seine Wangen und tropfte dann von seinem Kinn herab. Unfähig, einen klaren Gedanken zu fassen, beobachtete er das Furcht einflößende Schauspiel so lange, bis der unwirkliche Dunst immer schwächer wurde und sich langsam, aber sicher verflüchtigte. Die Frau, die eben noch dort gestanden und ihn das Fürchten gelehrt hatte, hatte sich einfach in Luft aufgelöst. Der Spuk war vorüber – und der Geist spurlos verschwunden.

Peter verstand nicht, wie das möglich war. Doch auf dem langen Flur war niemand mehr zu sehen. Er atmete auf und wischte sich mit dem Handrücken über die verschwitzte Stirn. Sein Herz schlug noch immer wie verrückt, aber wenigstens seine Muskeln gehorchten seinem Willen wieder. Zitternd drehte er sich um. Der Schreck saß ihm tief in den Knochen und seine butterweichen Knie drohten jeden Augenblick einzuknicken. Trotzdem zwang er sich dazu, auf schnellstem Wege zurück in sein Zimmer zu laufen.

Als er an der Tür mit der Nummer 222 vorbeikam, stoppte der Zweite Detektiv ab. »Ob der ... Geist wohl aus diesem Zimmer gekommen ist?«, fragte er sich leise. »Hier wohnte Catherine Parker, bevor sie ermordet wurde.«

Peter legte zögernd seine Hand auf die Klinke und drückte sie nach unten. Der Zugang war verschlossen. Beruhigt lachte er auf. Doch gleich darauf blieb ihm das Lachen im Hals stecken. »Geister brauchen keine Türen ...«, erinnerte er sich und schlagartig kehrte seine Angst zurück.

»Jetzt habe ich aber wirklich genug. Nichts wie weg hier«, beschloss er und setzte sich schnell wieder in Bewegung. Doch als er an der Tür mit der Nummer 238 vorbeihuschte, blieb er erneut stehen. »Vielleicht hat Daisy ja auch etwas gehört.« Peter klopfte vorsichtig und horchte. Kein Ton drang aus dem Raum. Dann versuchte er, die Tür zu öffnen. Aber auch diese war verriegelt. »Alle schlafen tief und fest. Außer Peter Shaw natürlich. Mir reicht es jetzt.«

Der Zweite Detektiv machte einen Satz und verschwand in seinem Zimmer. Auf dem langen Flur erinnerte nichts mehr an die unheilvolle Begegnung. Alles, was blieb, war Totenstille.